元構造解析研究者の異世界冒険譚 3

ALPHA LIGHT

犬社護
Inuya Mamoru

アルファライト文庫

白狐童子
リリヤの裏人格。
非常に強い。
アッシュ
ロキナム学園に通う少年。
努力家だが
報われていない。
リリヤ
奴隷の少女。
二つ名は「冒険者殺し」。
シャーロット
本編の主人公。家族だけでなく、
精霊からも愛されている少女。
前世では構造解析研究者
「持水薫」だった。
なりゆきで、クロイス姫の
クーデターに参加する。

》》アトカ《《
クロイス姫の側近。
ダークエルフながら、
魔鬼族に変異中。
》》イミア《《
アトカの仲間。
彼女もダークエルフで、
魔鬼族に変異中。
》》クロイス《《
ジストニス王国の王女。
ちょっとお馬鹿さん。
CHARACTER

1話　冒険者ギルド

私――シャーロット・エルバランは、故郷エルディア王国から遠く離れたハーモニック大陸のジストニス王国にいる。

この国は、五年前にネーベリックという怪物が暴れ、王をはじめとする多くの王族や貴族が殺された。それは全て第二王子エルギスの陰謀だったんだけど、そんな彼が今や国王だ。

彼の他に王族で唯一生き残った彼の妹――クロイス姫は、正体を隠して貧民街にいる。もちろん、同志とともにクーデターを計画中だ。

彼らと出会う前に、訳あってネーベリックを倒していた私は、なりゆきでこのクーデターに参加している。今はユニークスキルの『構造解析』で王城を調べているんだけど、レベル7では処理速度が星一つと遅く、時間がかかって仕方なかった。おまけに、『構造編集』をする魔力の余裕もない。最低でもレベル11以上にして処理速度を上げないと、その問題は解消されない。そこで、冒険者となってレベル上げをすることにしたんだけど――

貧民街で突如起こった、騎士団によるクロイス姫の一斉捜索は、不発に終わった。

その翌朝、昨日の騒ぎが嘘のように、街には静けさが戻った。アトカさんは反乱軍の同志を集めて、昨日騎士たちが使用した正体不明の探査魔導具を探るべく、周辺の聞き込みを行うことに。

そして私とイミアさんは、私のレベルアップのために冒険者ギルドへと足を運んだ。

冒険者ギルドに関する情報は、イミアさんからある程度聞いている。

・冒険者登録は身分や年齢に関係なく誰でもできる。
・子供であっても、冒険者は自分で依頼失敗の責任を負わなければならない。
・冒険者には、ランクが存在する。上から『S、A、B、C、D、E、F』の七種類に区分されていて、どんな強者であっても、Fランクからスタート。
・ランクを上げるには、二つの方法がある。一つは、ランクに対応する依頼を連続で十回成功させた後、実技試験で試験官から合格点をもらうこと。この場合、評価次第では、二ランクアップも可能。もう一つは、冒険者ギルドが指定するランクアップ用のダンジョンをクリアすること。この場合、Fランクの者がBランク用のダンジョンに行くなど、飛び級挑戦することも可能。

私も実家で、エルディア王国の冒険者について勉強したけど、規定はおおよそ同じだ。違っているのは年齢かな。エルディア王国では、十歳以上でないと冒険者になれない。年齢制限がないのは、私としても助かる。

ジストニス王国の王都に到着してから三日、周囲の建物や王城などを見てきたけど、元々いたアストレカ大陸と同じく、建物の作り自体はヨーロッパ建築に近い。平民が住む家に関しては、小さくて素朴な平屋が目立つ。

ただし王城となると、エルディア王国とジストニス王国でかなり外観が異なる。おそらく、威厳を示す立派な建物こそ、その国の価値観や美意識が強く出るのだろう。

しばらく歩いていくと、一際大きな三階建ての建物が見えてきた。イミアさんは、その建物の正面入口で、足を止める。

「シャーロット、ここが冒険者ギルドよ」

「おお、凄く大きいですね‼」

「国内にある冒険者ギルドを全て統括している本部でもあるから、大きくて当然よ」

私は、興味はあったものの、実際に冒険者ギルドに足を踏み入れたことがない。まさか、はじめて入るギルドが、故郷からこんな遠く離れた場所になるとは……なんか緊張してきた。

「一階の壁に通常依頼用の大きな掲示板があるから、冒険者もたくさんいるはずよ。さあ、入りましょう」

建物に入ると、確かに一階は多くの冒険者で混雑している。ほとんどが十五歳以上の成人男性だけど、少数ながら子供もいるね。イミアさんは、窓際に設置されている台から、一枚の紙を取ってきた。

「シャーロット、この申請書にあなたの情報を書いてちょうだい」

申請書を貰い、内容を確認すると、昨日言われた通りのものだった。

「申請書方式だと、嘘の情報を記載される危険性があるのでは？」

「冒険者たちの中には、なんらかの事情を抱えている人もいるけど、依頼達成に支障がなければ、特に問題にならないわ。だから、偽名で申請する人も結構いるわよ」

イミアさん自身も、ダークエルフ族用と魔鬼族用の二つの冒険者カードを作成し、使い分けているらしい。

私は申請書に必要事項を記載した。種族は『魔鬼族』、名前は『シャーロット』、特技は『なし』にしておいた。スキル『全言語理解』のおかげで、魔人語での会話や読みは大丈夫だったけど、書くことはできなかった。だから、ダークエルフの村で勉強しておいた。それが、ここで役に立つよ。

「シャーロット、これ整理券ね。あと七人待てば、受付の順番が回ってくるわ」

　どうやら受付近くに設置されている小型魔導具のボタンを押すと、番号が記載された紙——整理券が出てくるらしい。ソファーに座り、しばらく周囲を眺めていたら、私の番号が呼ばれた。受付に行くと……三十歳くらいのスキンヘッドのおじさんがいた。濃い顔をしているせいか、スキンヘッドが似合っている。

「お、次は可愛いお嬢さんたちか。俺はロッツだ、よろしくな」

「イミアよ」

「シャーロットです。冒険者登録をお願いします」

　私は、ロッツさんに申請書を渡した。

「冒険者登録か。いいぜ、早速カードを作成してこよう。ちょっと待ってな」

　気さくで、優しいおじさんだね。ロッツさんは、すぐ近くに置いてあるスキャナーのような魔導具に私の申請書を入れた。魔導具が少し光り、そして連結してあるもう一つの魔導具から、カードらしきものが出てきた。

「はいよ、完成だ」

「早っ‼　もう終わりですか⁉」

　まだ一分も経過していないんですけど‼　エルディア王国も、こんな感じなのだろうか？

「あはは、いいね～その反応‼　この魔導具は、サーベント王国製だから優秀なのさ」

サーベント王国のことは、イミアさんから聞いた。アトカさんやイミアさんの故郷で、ダークエルフが建国した国だ。魔導具に関しては、ジストニス王国よりも発達しているのかな？

「シャーロット、冒険者の規則や禁止事項は知っているか？」

「イミアさんは、Bランクの冒険者なんです。昨日、全て聞きましたから大丈夫です」

「お、イミアはBランクか、やるね～。なら問題ない。シャーロット、自分に合った依頼を選べよ」

「はい、ありがとうございます」

これで、登録完了だ。依頼を見に掲示板に行くと、各ランクごとの依頼が貼り出されていた。一番下のFランクは、王都の清掃や住民たちからの頼み事がほとんどで、達成報酬も安い。

「Fランクは、ほとんど雑用ばかりですね」

「一番下のランクだから当然よ。魔物の討伐依頼は、Eランクからになるわ。ある程度強い人たちは依頼を受けず、Eのランクアップダンジョンに行ってるわね」

私も、このままEランクのランクアップダンジョンに挑戦するんだよね。私の目的は、ステータスレベルを21以上にすることだから、依頼をこなす必要はない。

「ちなみに、シャーロットとは縁遠いけど、ダンジョンで死んだら、そのダンジョンに全て食われるわ。ただし装備品に関しては、どこかの宝箱に入れられるの」

宝箱の中身には、そういう曰く付きのものもあるのね。

Eランクの討伐依頼を見ると、『最近、ゴブリンが増えているから討伐してくれ』という依頼がチラホラある。みんな、こういうのを選んで生計を立てているのか。Aランクの依頼には、どんなのがあるんだろう？　……あれ、これ？

「イミアさん、この依頼は、なんでAランクなんですか？」

「え？　あー、ネーベリックの討伐依頼ね。ハーモニック大陸にも、Sランクと呼べる人たちが少数いるわ。でも、アトカから聞いた話だけど、現在のジストニス王国には一人もいないのよ。だから、Aランクの依頼とされているの」

達成報酬額が異様に高い。受ける人がいるのか、ロッツさんに聞いてみよう。受付に戻ると彼だけで、冒険者はいなかった。

「ロッツさん、Aランクのネーベリック討伐依頼を受ける人はいるんですか？」

「いるわけねえだろ。一応、貼り出しているだけだ。Aランクで、あの化物に勝てるやつがいるとすれば、トキワ・ミカイツくらいだ。五年前、ネーベリックに大打撃を与え、王都から追い出せたのは、あいつのおかげだからな。今年中に帰ってきて、ネーベリックと再戦するって噂もある」

トキワ・ミカイツ？　あ、ネーベリックと戦った一人の冒険者って、その人のことを指していたんだ！　再戦となると、王国の騎士団も間違いなく動くね。

「ネーベリックが現在どうしているのかは不明だ。第二王子……いまは国王か。そのエルギス国王の命令とはいえ、ネーベリックをケルビウム大森林に誘導しちまったから、森に住んでいる連中もどうなったのかわからん。心配ではあるが、手が出せん状態だ」

　ロッツさんは、ケルビウム大森林にいる人たちのことを心から心配しているようだ。彼にお礼を言い、掲示板を一通り見た後、私たちは近くのソファーに座った。

「シャーロット、まずはEのランクアップダンジョンに行くわよ」

「そこの情報を教えてくれませんか？」

　どんな場所であろうとも、情報収集を疎かにしてはいけない。しっかり聞いておかないと。

「Eのランクアップダンジョンは地下三階まであって、最下層にあるボス部屋までは、Fランクのゴブリンしか現れないの。ボス部屋には、Eランクのホブゴブリン一体とゴブリン三体がいるわ。そいつらを討伐すると、奥の部屋に通じる扉のロックが解除される。そこにガーランド様の像が置かれているから、それに触れれば入口に戻ってこられるわ。その後、ギルドに報告すると、正式にEランクに昇格よ」

　ボス以外全員がFランク、ボスだけがEランク。なるほど、ギルドがEのランクアップ用のダンジョンに指定するわけだ。

「私一人で行くんですか？　私を監視する人とかいないんですか？」

「監視する者はいないわ。ガーランド像に触れれば、冒険者カードのランク表示が自動的にEランクへ書き換えられるの」

エルディア王国では不正防止に、試験官一人が必ずついてくるけど、ここではそういった対策は取らないのか。性善説をもとにしているのかな。それにしても、なんて便利なカードと像だ。多分ガーランド様も、地上の技術が発展するごとに、ダンジョンにあるガーランド像の機能を更新しているのだろう。

「シャーロット、このダンジョンは地下三階構成だけど、それなりに広いわ。通常、一人だと危険だから、冒険者ギルドで仲間を探し、パーティーを結成してから挑むのよ。でもあなたの場合、あの怪物を倒せるほどの力があるから、仲間がいるとかえって危険だわ」

力を制御できるとはいえ、ダンジョンで魔物と戦うのははじめてだ。力の制御に失敗すると、周囲にいる仲間たちが死ぬかもしれない……

「心細いかもしれないけど、一人で行きなさい。一人で行動することが無理な場合、このエスケープストーンを使いなさい。この石に魔力を込めると、ダンジョン内であれば、どこであっても脱出できるわ。ダンジョンの宝箱からでも入手可能な、お手軽アイテムよ」

なるほど、緊急手段としてこういったアイテムがあれば、全滅は避けられるか。現在の私の攻撃手段は、スキル『内部破壊』のみだ。実戦の経験を積んでいくためにも、まずは最弱のゴブリンからはじめよう。

「わかりました。一人で行動し、Eランクになってみせます！」

「攻撃手段が限られているとはいえ、シャーロットなら数時間で終わるわ。問題があるとすれば、一人で行動できるかどうかね」

私の年齢は七歳だから、心細くなって泣いちゃうかもと思っているのかな？　すみませんね、精神年齢は三十歳を超えているんです。

今回の私の目的は、『実戦経験を積むこと』と『レベルを21以上に引き上げること』の二つだ。Cランクになれば、多分レベル21に到達するんじゃないかな？

2話　ランクアップダンジョン

現在、『とある女の子』がランクアップダンジョンに入ったことにより、周辺の住民は恐怖のドン底に突き落とされた。時折、地下から……ズゥーーーーン、ズゥーーーーン、ズゥーーーーンと振動が伝わってきたからだ。しかも、その振動はネーベリックが来襲したときと酷似していたため、住民だけでなく冒険者たちでさえ大混乱に陥った。もちろん彼らは、原因がわずか七歳の女の子であることを知らない。

そんな喧騒の中で、ただ一人落ち着いている女性冒険者がいた。彼女はこう呟いた。

「シャーロット、あんたダンジョンの中で何やってんのよ……」

〇〇〇

目的地に向かう道中、私はイミアさんに『ダンジョンの成り立ち』や『ジストニス王国の現状』について聞いてみた。

ダンジョンというのは、生物たちの負の感情によって生まれる瘴気、惑星ガーランドの大気に含まれる魔素、その土地に刻まれた記憶など、多くの事柄が複雑に絡み合って生まれるらしい。現時点でわかっているのは、戦争が頻繁に起こる場所にダンジョンが生まれやすいということだ。

ジストニス王国も、過去に内紛が何度もあったらしく、確認されているだけでも、三十一個のダンジョンがある。ここ王都では、王族貴族の野望が渦巻いているせいもあり、八個のダンジョンが存在する。

ジストニス国内で踏破されているダンジョンは二十八、残る三つは誰も最下層まで到達していない。この未踏破ダンジョンは、冒険者ランクがB以上でないと入れない。なお、踏破されたダンジョンに限り、冒険者に合わせたランクが指定されている。

話を聞いているうちに、目的地であるEランク用のランクアップダンジョンに到着した。

冒険者ギルドから歩いて十五分ほどのところで、ダンジョン自体が高さ二十メートルくらいの岩山を形成し、正面にはポッカリと大きな入口が開いていた。中は結構広く、ポーションやエスケープストーンを販売している雑貨屋が一軒あり、十代らしきの冒険者が八人いる。奥には、威圧感のある大きな巨大扉が設置されていた。ここからがダンジョンのようだ。

「それでは行ってきます」

「気軽な気持ちで進めばいいわよ」

私はイミアさんに別れを告げ、一人でダンジョンの中へ入った。

扉を開けると螺旋状の階段があった。そこをゆっくり下りていき、すぐに地下一階に到達する。魔素の影響か、仄かに明るい。通常なら魔法か魔導具で周囲をより明るくするんだけど、私にはスキル『暗視』があるから必要ない。通路の横幅は比較的広く、天井も高い。魔物の気配も感じる……いた‼

「ゴブリン発見‼　とりあえず、突撃して殴ってみよう」

シャーロット・エルバラン、いきま～す‼

自分の軸足となる右足に力を込め、踏み込んだ瞬間――

ズゥーーーン‼

……なんでこうなるのよ？　突進したはいいけど、勢いあまって殴る前にゴブリンごと壁に激突してしまった。

私と壁に挟まれたゴブリンは消失し、無属性の小さな魔石が地面に落ちた。ゴブリンの衝突跡が壁に残っているということは、この魔石は間違いなくゴブリンのものだ。でも、おかしいな？　どうしてゴブリンが死んだの？　私の物理攻撃力は０なのに。うーん……そうか‼

私自身の攻撃力は０だけど、ゴブリンが激突した壁に直接触れてないから、ダメージが与えられたんだ。もしかしたら、攻撃力にも『直接攻撃』と『間接攻撃』があって、間接攻撃は通じるかもしれない。

試しに壁を殴ってみよう。えい……めり込みもしないし、欠けてもいない。次は助走をつけて、壁にタックルしてみよう。

――ズゥーーーーン‼

音はするものの、壁自体はノーダメージか。やっぱり、直接攻撃はダメだね。

それにしても、敏捷の制御が上手くいかない。ケルビウム山の頂上は、広い平地になっていたから走りやすかった。閉ざされた空間でやると、無意識に力が入ってしまうのかもしれない。

間接攻撃と敏捷の制御は並行して試していこう。

さて、今度は『内部破壊』の練習だ。現在の私の力量では、急所に触れないと破壊できない。最終的には、どこを触って（さわ）も離れた急所を攻撃できるようにしたい。それには地道な練習あるのみだ。

敏捷の制御練習を行いながら先に進むと、ゴブリン二体を発見した。体長八十センチほどで、緑色の皮膚（ひふ）、尖（とが）った耳、鋭（するど）い目をしている。

「ギイギイ（敵がいた）」

「ギャギャ（殺せ殺せ）」

威勢（いせい）よくこっちに走ってくるのはいいけど、速度が遅すぎる。ある意味、『内部破壊』の練習に適している魔物だ。

敏捷を制御して、ゴブリンの背後に回り込み、首に触れる。ネーベリックのときのようなヘマはしない。首の中にある中枢（ちゅうすう）となる箇所（かしょ）だけを破壊すれば、服も汚（よご）れないはずだ。

ゴブリン二体からプチプチという音が鳴った直後、二体とも崩（くず）れ落ちて消失した。残ったのは、錆（さ）びたナイフと魔石だけだった。さて、焦（あせ）らず地道に鍛（きた）えていこう。

○○○

ここは地下二階。これまでに討伐したゴブリンは六体。『内部破壊』にも慣れてきた。

ただ、敏捷の制御はなかなか慣れない。六体を討伐するまでに、九回くらい壁に激突した。ゴブリンと戦ってわかったけど、素早く動く敵に瞬時に近づき、急所に触れるというのは、かなり難しい。ゴブリンの遅い動きでさえ、狙った位置から外れるときがある。確実に急所に触れるためには、敏捷の制御が必要不可欠だ。

ネーベリック戦では、レドルカたちと協力することで、互いに足りない部分をフォローできた。しかし単独で行動する場合は、全て一人で処理しなければならない。このダンジョンで、どんどん練習を積み重ねていこう。

……地下二階で練習を重ね、いよいよ地下三階のボス部屋の前だ。出現する魔物がゴブリンばかりだから、特に危険もなくここまで来ることができた。

ボス部屋だけあって、なかなか立派な扉だ。扉を開けると広い部屋となっており、ボスのホブゴブリン一体とゴブリン三体がいた。ホブゴブリンは、ゴブリンより一回り大きく、小汚い服を着て三日月刀を装備している。皮膚の色はゴブリンと同じく緑なんだね。

「ボス部屋だけあって広い。もしかしたら、連携した攻撃が来るかもしれないね」

「ギギ、ギイギイ（お前ら、行け）」

ホブゴブリンの指示で、三体がこっちに向かってきた。ここは様子を見よう。一撃で討伐することは可能だけど、それじゃあ私自身の勉強にならない。

「ギャ‼（死ね）」
ゴブリンAの棍棒攻撃を回避すると、ゴブリンBが私の死角から剣で斬りかかってきた。甘いね、たとえ死角からの攻撃であっても、『魔力感知』と『気配察知』で位置はバレバレだ。斬撃を回避すれば、今度は後方からゴブリンCの攻撃がきたので、これも回避した。うん、ボス部屋のゴブリンだけあって、連携攻撃の基本ができてる。一応、ボスの手下だけある。さあ、敏捷を完全に制御するための練習台になってもらおうか。

……三体のゴブリンが仰向けとなり、ハアハアと息切れしている。体力がなくなり、立てなくなったのかな？　彼らの連携攻撃を回避しまくり、体術メインで攻撃したから、当然三体ともノーダメージだ。はじめはケラケラと笑っていたけど、何かがおかしいと感じたのか、途中から本気で攻撃を仕掛けてきた。彼らのおかげもあって、壁にあちこち激突しながらも、狭い閉鎖空間でも『敏捷』を制御できるようになった。ありがとう、あなたたちのおかげだよ。それじゃあ、今からトドメを刺すね‼

「「「ギャ‼」」」
残すはホブゴブリンのみだ。ボスに対しては、『威圧』の練習をしよう。レドルカたちから、魔力放出の調整方法を習っている。これを『威圧』に組み込めば、殺すことなく本来の効果である恐慌状態にさせられるはずだ。

「ホブゴブリン、行くよ」

「……ギャギャ（俺がそっちに行く）」

え？　私が行こうとした矢先、ボスがいきなり突進してきた‼

「うわ⁉　回避だ‼　……あ……ぶへ‼」

ドオオォォォーーーーーーーン‼

ダンジョン全体に、激突音が響き渡った。焦って回避しようとしたところ、敏捷の制御に失敗、石に躓いて、恐ろしい速度でゴロゴロと地面を転がりながら、壁に激突するというお馬鹿な失敗をしてしまったのだ。

「ギャギャギャギャギャ（馬鹿な魔鬼族だ）」

「……ここに、仲間がいなくてよかった」

情けない失敗だよ。けど、おかげで冷静さを取り戻せた。

ここから私は、『威圧』でボスを恐慌状態にすることに成功した。あとは、動けなくなったボスの太もも付近を触り、『魔力感知』で魔力の流れを把握、心臓を『内部破壊』で破壊し、一撃で討伐する。

恥ずかしい失敗もしたけど、平常時であれば、敏捷と『威圧』も精密に制御できるようになった。ボスを倒し、ロック解除された扉を開けると、高さ二メートルほどのガーランド像があった。

「ガーランド像だけか、少し殺風景な部屋だね」

でもこの像、結構正確に制作されている。私自身がガーランド様を見ているから、像の精巧さがわかるよ。

「さあ、脱出だ‼」

像に触れると……景色が切り替わった。しかし、転移した場所はダンジョン入口ではない。ケルビウム山に飛ばされる前に訪れた、ガーランド様の部屋だった。部屋のインテリアは、以前と同じだ。私の目の前には、ガーランド様本人がいた。いきなりの再登場だよ。

「ガーランド様、お久しぶりです」

「あまり驚いていないようだね」

「一度、経験していますからね」

それに、私をここに招き入れた理由はなんとなくわかる。

「まったく、賢い子だ。シャーロット、すまない。『環境適応』スキルを新たに作ったのはいいが、高さのことを忘れていた。君を転移させた後、ミスラテルにこっぴどく怒られたよ」

やっぱりそれか‼　さすがにあれは死ぬかと思ったよ‼

「ミスラテル様が怒ってくれたのなら、私からは何も言いません。それに、『環境適応』スキルがなければ、確実に死んでました。命を助けていただき、本当にありがとうございます。攻撃力と魔法攻撃力は0になりましたけど、これはこれで結構面白いです」

「そう言ってもらえると助かる。それと、君がザウルス族と協力して、ネーベリックを討伐してくれるとは思わなかった。あのまま放っておいても、半年後に起こるトキワ・ミカイツとの再戦で、ネーベリックは討伐されていただろう。しかし、多くの犠牲が生じ、特にザウルス族と獣猿族の二種族は、滅びの道を辿ることになっていた」

　なんですと⁉　二種族が絶滅する危険性があったの⁉

「ガーランド様、私はネーベリックを作り出した人たちに天誅を下しますが、いいですか？」

「存分にやってくれ。君がここに転移されなければ、近い将来、私がジストニス王国に天罰を与えるところだった。君も知っていると思うが、魔導兵器、あれはいかん。現時点では、使用されても環境に大きな変化を及ぼさないが、今後の展開次第では、魔素を応用した核兵器が作られる危険性もある。それが発動したら最後、確実に文明が崩壊するだろう」

　やはり……ね。そうなると、魔導兵器を作り出した、諸悪の根源であるビルク・シュタインを討つ必要がある。

「国王エルギスと側近のビルク、どちらかが転生者ですね？」

「ビルクが転生者だ。彼も元々は清浄な魂の持ち主だった。しかし、周りの連中に唆されたこともあり、今では魂が穢れてしまった。やつらをどうするかは、君に一任する」

よし、ガーランド様から許可を貰えた‼　絶対に見つけ出して、罰を与えないとね‼　まずは、エルギスとビルクに関する情報を収集しておかないと。最悪、私が城に乗り込んで構造解析すればいい。

「現在の未来でも、国王エルギスがバードピアに戦争を仕掛けるのは、二～三年後ですか？」

私がいないルートでの未来なら、半年後にネーベリックと再戦し、それから戦争を開始する予定だった。でも、未来は変わったのだ。

「……本来、神は地上のことに関わってはいけない。しかし、環境の激変で、文明が何度も何度も滅んでしまうと、惑星自体も危なくなる。だから、あえて言おう。君とザウルス族がネーベリックを討伐した時点で、未来が大きく変化した。ジストニス王国とバードピア王国との戦争開始時期は、予想以上に早くなる。早ければ一年後だ」

げ、一年後⁉　あ、そうか‼　エルギスはネーベリックとの再戦後、消耗した力を蓄えるべく、準備期間を設けてから、バードピア王国に戦争を仕掛ける予定だった。でも、肝心のネーベリックは私とザウルス族によって、既に討伐されている。つまり、力をまったく消耗していないから、その分、準備期間も短くなるのか。それなら、エルギスが動き出す一年後までに、反乱軍の人たちと一緒にクーデターを起こせばいいね。

「一年以内にクーデターを起こすためにも、『構造解析』の速度をどんどん上げていきます」

「いい心がけだ。だいぶ使いこなしているようだけど、私から見れば、まだまだ未熟だ。頑張(がんば)りたまえ」

「はい。まずはレベルを上げて、実戦経験を重ねていきます」

「あまり無理をしないように。おっと、もう時間か。最後に一言、君のせいで地上が大混乱になっているよ。訓練もいいけど、何事もほどほどに」

「え？」

周囲が眩(まぶ)しくなり、目を閉じる。そして次に目を開けたときには、ダンジョンの入口に戻っていた。冒険者カードはＥランクと表示されている。ガーランド様、別れ際(ぎわ)に気になることを言っていたよね？　私のせいで、地上が大混乱？　どういうこと？

3話　地上が大騒ぎになっていました

ダンジョンの入口である巨大扉の近くに転移した私の目の前で、多くの冒険者たちが騒いでいる。

「おい、子供が転移されてきたぞ⁉」

「怪我はないようね」

「あの音も、十分くらい前からしなくなったな？」

ガーランド様の別れ際の言葉から察するに、この騒ぎの原因は私にあるらしい。となると、あとでイミアさんに叱られるよね。この後の展開を考えて、攻撃を吸収するスキル『ダークコーティング』をオフにしておこう。そうしないと、私にとっての罰にならない。

「君、大丈夫か？　逃げ遅れた子供がまだいたとは。まさか、他にも……」

魔鬼族の男性で二十歳くらいかな？　ひどく取り乱した様子で私のところへ駆け寄り、心配してくれた。

「はい、大丈夫です。怪我もありません。ボスを倒した後、仲間は先に脱出しました。私は、ガーランド像のあった部屋に隠し扉がないか、調査していたんです」

これくらいの嘘を言っても、問題ないよね。

「そうだったのか。できれば、中の様子を教えてくれないか？　音からすると、大変なことが起きているんじゃないか？　すぐに騎士団が駆けつけてくる。彼らに状況を説明したいんだが、避難してきた連中に聞いても『ズウゥーーーン』という音が響いてくるだけで、強大な魔物とは遭遇していないと言うんだ。君は何か知らないか？」

げ⁉　それ、私が壁に激突したときの音だ。ダンジョンだからと、安心して敏捷の制御練習をしていたのに、音は地上まで伝わるんだ‼　壁自体のダメージはゼロでも、その振動や音は力とか敏捷のステータス相応に出るのかな。

「何かの激突音は聞こえましたけど、ゴブリンしか現れなかったです」

「やはり、激突音だけか⁉　うーむ、やはり調査の必要があるな。ありがとう。君はもう帰りなさい」

「はい、失礼します」

　みなさん、すみません。犯人は私です。でも、口が裂けても言えない。地上に出ると、笑顔のイミアさんがいた。でも、その笑顔が怖い。

「シャーロット～～、ダンジョンで何をしていたのかな～～」

　あ、イミアさんの右拳が私の頭に――

「痛～～～い！！！」

　私は頭を叩かれたけど、ノーダメージ。悲鳴を上げたのはイミアさんだ。

「なんで、叩いた私がダメージ受けてるのよ～～～‼」

「すみません、石頭なもので」

　イミアさんの右拳が、赤く腫れ上がってしまった。

「さあ、白状しなさい‼」

　ここは、素直に起きたことを伝えよう。

「狭い場所では、敏捷を上手く制御できませんでした。周囲には誰もいなかったので、ここで敏捷の訓練をしようと思ったんです。上手く制御できたときはゴブリンを瞬殺できたのですが、制御に失敗すると急停止もできないので、何度も何度も壁に激突しました」

「呆れた〜。あの音は、あなたが壁に激突したときの音だったのね‼」

「はい、すみません」

　本当に申し訳ない。まさか、こんな騒ぎになっているとは、夢にも思わなかったよ。

「正直、私も恐怖を感じたわ。ネーベリックが近づいてくる足音と似ていたのよ。はじめは、コップの水が少し振動する程度だった。でも、その振動が徐々に大きくなって、地上に上がってくるのか⁉　……と思いきや、段々と静かになり安心してきたところで、また突然大きな音が響いたりと……精神的にかなりきつかったわ」

　そういえば、制御も兼ねて壁にわざとタックルする練習もしたんだよね。速度を少しずつ上げていったり、緩急をつけてタックルしたりと、そういった行為がこの騒ぎの原因となったのね。

「本当にすみません。でも、もう大丈夫です。散々制御訓練をやったので、次からは普通に冒険できます」

「今回の事件で、あなたがやつを討伐できるだけの強さを持ち合わせていることが実感できたわ。ダンジョンの壁に激突しただけで、その音が地上に響くなんてありえないもの。

まあ、この騒ぎもすぐに落ち着くでしょう。さあ、ギルドにランクアップの報告をしてから、アジトに戻るわよ。そうそう、レベルは上がった？」

「レベル8になりました」

　ステータスレベルは一つ上がったけど、スキルレベルは上がっていない。

「一つか。次のランクアップダンジョンに行けば、三か四ぐらい上がるんじゃないかしら？　でも、気を付けなさい。次からは、罠も設置されている。ランクが上がるほど、凶悪な罠が増えていくわよ」

　本音を言うと、仲間が欲しい。私の強さのことを知っても、私と行動してくれる心強い仲間が。たった一人加わるだけで、ダンジョン攻略も楽しくなるだろう。

「エルディア王国でも、冒険者たちはみんな仲間を作り、ダンジョンに挑むようです」

「当然ね。本来は前衛、中衛、後衛に相当する仲間を見つけて、挑むものだもの。一人で行く人も稀にいるけど、自殺行為ね。今回のダンジョンはゴブリンだけだから、一人で挑む者も結構いるものの、次からはそうはいかない。シャーロットには、同ランクの仲間を見つけて欲しいところ……とはいえ、あなたのペースに合わせられる人がいるとは思えないのよ。当分、一人で行動するしかないわね。さあ、一旦帰りましょう」

　そこなんだよね。それに、私には特殊な事情もあるから、仲間を見つけるのはやっぱり無理かな？　少し寂しいけど、気楽に冒険できると思えばいいか。今回のような騒ぎだけは起こさないよう、心がけておこう。

「イミアさん、騎士団や冒険者の人たちに、『犯人は私です。私が壁に激突したときの音です』と言っても……」

「絶対に信用してもらえないわね」

「ですよね～」

やっぱり、本当のことは言えないや。だから、このまま素知らぬふりをして帰ろう。今回、大勢の人に迷惑をかけてしまった。みんな、ごめんね。

○○○

冒険者ギルドにランクアップの報告を行い、そのままアジトに戻った。そして、アトカさんの部屋で、アトカさんとクロイス姫に今日の出来事を話した。

「はあ～シャーロット、お前は何をやっているんだ？」

アトカさんに、盛大に溜息を吐かれた。

「あの騒ぎは、シャーロットの仕業だったんですね。音こそ聞こえませんでしたが、多くの人々が騒いでいたんです。子供たちが怯えていたんですよ」

あの騒ぎがここまで届いていたの⁉　子供たちを怖がらせてしまったね。

「すみません。壁に激突したときの音が、地上まで届くとは思っていませんでした」

「シャーロットの能力は、ネーベリックを軽く超えているんだろ？　シャーロットの敏捷で、手加減なく壁に突っ込んだら、恐ろしい衝撃が起こるはずだ。壁への攻撃力は皆無でも、間接的に発生する音の振動が地上に伝わったんだな」

　音の振動が地上にまで伝わるということは、相当な速度による衝撃だ。いくら攻撃力は0でも、間接攻撃が効く以上、仲間ができた場合、誤って殺してしまう危険性もある。私は、もっと自分の力を知らないといけない。

「今回は良い勉強になりました。次から気をつけます」

「なんだか心配ですね。また、何かやらかしそうでヒヤヒヤします」

「クロイス、お前が言うな」

「クロイス姫に言われたくありませんよ」

「クロイス姫に言われたくないわね」

　アトカさん、私、イミアさんによる同時ツッコミが入ったよ。

「三人揃って言わないでください。私だってもう、料理に飽きたと言って、こっそり外に出たりしません‼　どうです？　賢くなったでしょ‼」

「それは、シャーロットが新規料理を開発してくれたからだろうが‼」

「あはは、言えてる言えてる。クロイス姫は、今までのこともありますから、すぐには信用されませんよ」

イミアさんの言う通りだ。なんにせよ、今回は多くの人々に迷惑をかけてしまった。自分の力を再認識したよ。でもそのおかげで、新たな攻撃方法を生み出せそうな気がする。次のランクアップダンジョンでは、新技に挑戦しよう。

4話　とある冒険者との出会い

Eランクになった翌日――

今日挑戦するDのランクアップダンジョンは地下五階まであり、『洞窟（どうくつ）』と『森林』という二つのエリアが存在する。地下一階から、洞窟↓森林↓洞窟↓森林↓森林となっている。各階層自体が広く、EとFランクの魔物が出現し、さらにDランク用の罠（わな）が多数設置されているため、一層のクリア時間も長くなる。場合によっては、ダンジョンで一晩過ごすパーティーもいるようだ。

ちなみに、地下五階以上あるダンジョンには、『セーフティーエリア』と呼ばれる場所が各階層に必ずあるらしく、その場所に入ると魔物は襲（おそ）ってこないらしい。冒険者たちは、そこで寝泊まりするそうだ。

だから、ダンジョン攻略前には野営の道具や食糧が必要となる。ジストニス王国において、このDのランクアップダンジョンは『冒険者の登竜門』と言われており、ここを突破してはじめて『初心者』のレッテルから解放されるのだ。

こういった基礎知識を頭に入れた私は、朝、イミアさんと一緒に市場で野営セットや食糧を買い、ランクアップダンジョンへ行くことにした。

貧民街や冒険者ギルドからも少し離れているので、現在徒歩で向かっている。そういえば、貧民街から離れるとき、アトカさんとクロイス姫からいくつか忠告されたな。

『シャーロット、昨日の件もあるので、十分注意して魔物を討伐してくださいね』

『くれぐれも、他の冒険者を巻き込むなよ。今回のランクアップダンジョンからはダンジョン自体が広くなっているし、十代の冒険者も多く参加しているはずだ。目立つ行動だけは、絶対にするな』

昨日の段階でかなり騒がれたから、注意しないといけない。

私がこうやってダンジョンについて真剣に考えているのに、イミアさんはこの世界の焼きおにぎり――ヤキタリネギリを笑顔で頬張っているよ。なんか、緊張感に欠けるね。

「ヤキタリネギリ、イミアさんのお気に入りになりましたね」

「ふふ、だってこんな美味しくて香ばしい味、はじめてなんだもの‼　周りにも、食べてる人がいるでしょ」

ヤキタリネギリをあの一軒の店に教えてから、さして日は経っていない。でも、調理過程がシンプルなこともあって、マネしている店が数軒あった。どうやら各店とも独自のタレを作り出し、味に差をつけているようだ。そのためか、どの店にも行列ができている。この分だと、パエリアなどを教えたニャンコ亭も、大繁盛しているかもね。私のレパートリーはまだまだあるけど、ヤキタリネギリ一つでこれだから、しばらく新規料理の発表は控えよう。

「シャーロット、どこに行くの？　ここが目的地よ」

「え？」

急に立ち止まったイミアさんはそう言うけど……

目の前にあるのは、豪華な貴族の屋敷だった。外観も綺麗だ。どう見ても、人が住んでいるように見えるんですけど⁉

「ここですか⁉　いやこれ、貴族の屋敷ですよ？」

「間違いなく、ここがDランク用のランクアップダンジョンよ。ダンジョンというのは、どこにでもできるの。森全体がダンジョンという場所もあるし、こういった建物自体がダンジョンという場所も多数あるわ。建物がダンジョンの場合、そこで過去に凄惨な事件が起こったという証拠でもあるの」

ダンジョン化するほどの事件が、過去にあったんだ？

「ここは百年前、とある子爵家の屋敷でね。そこの一人娘が何か事件を起こしたらしくて、家族全員がこの屋敷内で処刑されたそうよ。処刑から三年後にこのダンジョンが生まれたの。当時のボスは、ゴースト化した家族だったらしいわ。現在では踏破されて、国の管理下に置かれるダンジョンとなっているわ。ちなみにダンジョンの入口は、屋敷の玄関を入ったらすぐに見えるわよ」

うん？　この屋敷、二階建てだよね？

「あの……残りの部屋は？」

「この屋敷を管理する人たちが使用しているわ。住み込みの人もいるわね。曰く付きのところだけど、その分、給料は高いそうよ」

住み込みの人もいるの!?　たとえ給料が高くても、こんな場所に泊まりたくないよ!?

玄関へと続く庭では、多くの露店が並んでいる。ヤキタリネギリや串焼きなんかが販売されているし、雑貨屋とかもある。中には、武具を販売している露店もあるよ。多くの冒険者が、露店を見て回っていて、凄く賑やかだ。

「あの……みなさん、その事件のことを知っているんですか？」

「もちろん知っているわ。でも、事件から百年経過しているし、ダンジョンが踏破されて以降は、何も起きていないから、安心して出店できるのよ」

うーん、とても一家全員が処刑された場所とは思えない。私たちも敷地に入り、雑貨屋を見てみると、脱出専用アイテム『エスケープストーン』や、ダンジョンの地図が販売されていた。ここは地下五階で各階も広いから、地図が販売されているのだろう。

「シャーロット、エスケープストーンをもう一つ渡しておくわ。地図はいる？」

「一応、買っておきます」

地図を買って、予備のエスケープストーンを貰い、これで全ての準備が整った。

「今回、出現する全ての魔物と戦い、全ての罠に嵌まろうと思います。何事も、経験が大事ですから」

「あのね、魔物はわかるけど、全ての罠に嵌まる必要はないわよ」

イミアさんが呆れている。まあ、普通の冒険者なら、自分から罠に嵌まろうとしないよね。でも、私には『状態異常無効』のスキルもあるから、誰もいないときにこっそり実行してみよう。

「それでは、行ってきます」

「終わったら、アジトに戻ってきてね」

私はイミアさんと別れ、玄関付近までやってきた。そこには、完全武装した警備員らしき男性が立っていた。軽く会釈して扉を開けようとすると……

「君、ちょっと待ちなさい。まさか、一人で行く気かね？」

やはり、呼び止められたか‼　こんな子供が一人で行くのはおかしいもんね。

「いいえ、既に仲間が入り、地下一階で待っています」

「仲間？　ああ、さっきの学園生の子か‼　あの子、仲間を欲しがっていたが、まさかこんな小さな子を誘うとは……」

　誰のこと？　まあ、いいや。話を合わせよう。

　武術、魔法、魔導具、医学、薬学など、多くの分野を学べる場所が学園だ。その中でも、武術と魔法は必須項目に入る。学園生はこういったダンジョンにも、足を運ぶんだね。

「ここは、Dランクのランクアップダンジョンですから、私たちは様子見で行くだけです。無理に進むつもりはありませんよ」

「まだ七歳くらいだろうに、しっかりした口調だ。くれぐれも、地下一階だけを探索して戻ってくるんだよ」

　年齢制限はなくとも、心配してくれているのか。警備員さんが扉を開けてくれたので、お礼を言って、屋敷に入った。入った瞬間、どこが入口かすぐにわかった。

　ど真ん中に、地下への階段があるよ。ここは吹き抜けのロビーという感じで、左右には通路が続いているけど、関係者以外立ち入り禁止の立て札が置かれていた。

　地下へと続く階段を下りていき、ゆっくり扉を開ければ、ヒンヤリした空気が流れ込んでくる。

　ここが、Dランク用のランクアップダンジョンか。

ダンジョンに入り、扉を閉めると、周囲は意外と明るかった。この感覚は、昨日のダンジョンと酷似している。さあ、奥へ進んでいこうか‼

〇〇〇

洞窟エリアなんだろうけど、作りは昨日のダンジョンとかなり違う。周囲が土ではなく石でできており、しかも凹凸がまったくない。ここは洞窟というより、ゲームに出てくる地下室の迷路みたいだ。ただし、こちらの方がスケール的に遥かに広大だ。はじめは、地図に頼らず進めてみよう。

このダンジョンで試したいのは、間接攻撃だ。私の場合、音と風圧を利用できそうだ。風圧に関しては、誰もいない場所で、普通の敵に試したい。音に関しては、大きな敵に試したい。アレは理論上実現可能のはず。このダンジョンで大きな敵となるのは、すなわち地下五階にいるボスだ。

むっ、前方から魔物の気配がする。現れたのは……スライムか。構造解析しておきたいところだけど、現在は王城を解析中のため使用できない。でも精霊様から、魔物に関しても少しだけ教わったんだよね。

こいつは、Eランクのノーマルスライム。体長が三十センチほど、身体がプヨプヨしていて、物理攻撃が効きにくいけど、火魔法に弱かったはず。このスライム、小さいよね。これなら、直接手を突っ込んで核にある魔石を取れるんじゃないかな?

ノーマルスライムでも酸性の性質を持っているから、普通に触れれば、手が爛れるし、服も溶ける。でもそれなら、身体に火属性を付与して実行すれば問題ないはずだ。

「シュ、シュー(魔鬼族、死ね)」

「最弱が何を言っても怖くないよ。あなたの魔石を貰うね」

……よし、魔石を取れた‼ 服も溶けてない。あ、ノーマルスライムがドロドロに溶けて、地面に消えていった。実に呆気ない最期だった。

魔石をマジックバッグに収納し、先に進んでいくと、十字路に出た。ここは無視して、まっすぐ突き進もう。――と、数メートルほど進んだところで、いきなり床が抜けた。

「え……ヒッ‼」

私はおかしな悲鳴を上げ、ヒュ〜〜ッと落ちていく。下には、無数の槍が穂先を向けて突き立っていたので――

「フライ」

風魔法のフライ、空を飛ぶ魔法だ。元々、この魔法の知識だけは精霊様から教わっていたので、山頂の訓練で習得しておいたのだ。槍の隙間に降り観察すると、ただの鉄製のようだった。全部で三十二本か。そこそこの値段で売れるよね。これはラッキー、ありがたくちょうだいします。空を飛ぶ魔法を習得しておいてよかったよ。

槍を回収して元の場所に戻り、落とし穴のあった壁付近を調べると、両側の壁に魔石が埋め込まれていた。なるほど、これがセンサーの役割となっているのか。この魔石もありがたくちょうだいしよう。

あれ？　魔石を取るとき、なんかビリッときた気がするけど、気のせいかな？

さて、次はどんな罠があっるかな～～。

通路をどんどん進んでいくと、ノーマルスライム五体、ゴブリン三体が現れた。スライムに関しては魔石を取り出すだけ、ゴブリンは首に『内部破壊』攻撃をするだけで終わった。うーん、地下一階だと、近くに冒険者の気配もあるから、迂闊に新技を試せないよ。

あ、宝箱発見。中身は何かな～。箱を開けた瞬間、プシューーーーっと玉手箱のような白い煙が舞い上がった。

「なに、これ？」

うーん、構造解析できないから、なんの煙かわからない。多分、毒っぽい気がする。煙が晴れて、宝箱を再度確認すると、赤っぽい短剣が入っていた。

「これって……色合いからして、銅の短剣だよね？」

地下一階だと、この程度なのかな？　まだまだ探せばあると思うけど……むっ、前方で誰かが戦っている。一人だけ？　見た感じ、私より少し年上の魔鬼族の男の子か。イケメンではないけれど、女性の庇護欲を刺激するような可愛い顔立ちをしている。服装が学生服っぽいよね？　警備員さんが言っていた学園生かな？　武器はロングソードか。彼の相手は、ノーマルスライム二体とゴブリン二体……一人で討伐できるかな？

彼は五分ほどで、ゴブリン二体を討伐した。残りはノーマルスライム二体だ。

「くそ、このスライム強いぞ。魔石も小さいから、なかなか斬れない。火よ、魔の者を討ち払え‼　ファイヤーボール」

あれ、魔法を使ってる⁉　魔鬼族は今、ネーベリックを逃がしたことで精霊様の怒りを買い、魔法が使えないはずなのに⁉　いや、よく見ると、左手と右手の人差し指と、右手の薬指に指輪をつけてるね。あの人は魔導具から魔法を使用しているのか。ありゃ、残る一体が後ろに回り込んでいる。あの人の強さだと、あれは回避できない。仕方ない、助けるか。

「スライム一体、背後にいますよ」

「え……うわ、危ない‼」

ギリギリのところで、スライムの攻撃を回避したね。

「ありがとう、助かったよ……って子供⁉」

「ノーマルスライムで苦戦してたらダメですよ？」

まだ、ランクアップダンジョンの地下一階だ。ここで苦戦してたら、絶対に踏破できない。

「そうは言っても、こいつは物理攻撃が効きにくいし、核となる魔石が小さいから、剣でも当たりにくいんだよ」

「どうして剣にこだわるんですか？　このスライムは体長三十センチほどですから、こうやって火属性を身体全体に付与し、手をスライムの中に突っ込んで、魔石を取る。はい、終了」

スライムは一瞬で溶けて、消失してしまった。

「身体全体に属性付与⁉　しかも、一瞬でスライムから魔石を取った⁉」

「簡単な作業ですよ？　あなたが、剣にこだわりすぎていたから苦戦したんです」

「いやいやいや、身体全体に属性付与できるなんて、誰も知らないよ‼　しかも、あんな小さな魔石を一瞬で取り出せないよ‼　スライムの対処方法は、剣で魔石を斬るか、火魔法での攻撃だからね‼」

そういえば、レドルカたちも驚いていたよね。魔鬼族も、身体への属性付与を知らなかったのか。

「そうなんですか？　そもそも、スライム相手に魔法を使うこと自体が、もったいないですよ。今後は、さっきのようにすれば楽に倒せます。それでは」

私は、地下二階への階段を探さないとね。

「ちょっと待って。君も一人で挑んでいるの?」

やはり呼び止められたか。

「はい。事情があって、一人で行動しています」

「でも……君は七歳くらいだし、いくらなんでも無謀だよ」

見た目だけで判断すると、確かに無謀に見える。だから、警備員さんには嘘をついて、ここに入ったんだよ。

「勝算はあります。あなたこそ、大丈夫なんですか?」

「いや……まあ、僕も訳ありなんだけど」

どうやらこの男の子にも何かあるようだ。それに、雰囲気が誰かに似ている。どこか放っておけないような感覚に陥る。誰に似ているんだろう? ここで会ったのも何かの縁かもね。せっかくだし、一緒に進むのも悪くないか。

5話　アッシュの悩み

まずは自己紹介をして、仲を深めよう。

「お互い込み入った事情がありそうなので、一緒に行動しませんか？　私はシャーロット・エルバランと言います」

「僕はアッシュ・パートン。君の言う通り、僕の強さでは、一人で最下層に行けそうにない。こちらからお願いしたいくらいだよ。よろしく頼む」

アッシュさんか。互いの信頼を深めるためにも、私の事情を少し話そうか。

「このダンジョンに一人で挑むのは、私の攻撃方法が特殊だからです。まだ加減ができないので、周囲に迷惑をかけると思ったのです」

そもそも私の場合、罠も魔物も関係なく突き進んでいくだけだから、仲間がいるとかえって危ない。

「攻撃方法が特殊？　今は僕たち以外、誰もいないようだし、よければ見せてくれないかな？」

確かに、周囲から他の冒険者の気配がしない。この状況ならば、被害は出ないか。ちょうどいいタイミングで、三十メートルほど先の曲がり角から、ゴブリン三体が姿を現した。こちらには気づいていない。

「構いませんよ。アッシュさん、ゴブリン三体が前方にいます。今から攻撃を仕掛けますので、私が合図したら、即座にゴブリンたちを見てください」

「わかった。相手は僕たちに気づいていない。僕なら、気取られないよう接近して、不意打ちかな」

　まだアッシュさんを少ししか見ていないけど、多分あそこにいるゴブリンたちと同じくらいの強さだと思う。

「私のステータスは特殊でして、攻撃力が０なんです。だから、こうやって間接的に相手を――」

　アッシュさんと一時的にでもパーティーを組む以上、いずれステータスのことはバレる。化物扱いされる前に、こっちから伝えておこう。私は、相手にデコピンするような感覚で、親指で薬指を押さえ、薬指に力を蓄積させていった。

「今です‼　ゴブリンたちを見てください‼」

「え？」

　アッシュさんがゴブリンたちの方を向いた瞬間、私はソレをゴブリン目掛けて放った。

『ボッ』という音のコンマ数秒後に、遠方にいるゴブリン一体の胸に、大きな風穴が開いた。残る二体のゴブリンは、何が起きたのかわからないようで右往左往している。

　私の新技の一つ『指弾』――空気を思いっきり指で弾く技だ。私の思い描いた通り、空気の弾が発射されたようだ。ただ、命中率に問題ありだね。左隣にいたゴブリンの左足を狙ったんだけど、大きくずれてしまった。ついでなので、指弾を連射してみよう。

……うーむ。十発放って、二発が二体のゴブリンに命中か。指弾は遠距離に不向きだね。

中距離なら、命中率もかなり上がるだろう。

「え？　……あんな遠くにいた三体のゴブリンに、いきなりいくつも風穴が開いた？　シャーロット、何をしたの？　魔法を使ってないよね？」

「今のは指弾という……体術です。指で弾いた空気をゴブリンに放ったのです」

もう体術にしておこう。実際、身体の一部を使っているしね。

「は？　……ちょっとちょっとちょっと、おかしいから‼　指で弾くだけで、風魔法のエアブレットができるのなら、全員が使ってるよ‼」

あ、わかった‼　この人のツッコミ、ザウルス族のレドルカにそっくりだ‼

「Ａランクの人ならわかるけど、七歳くらいの女の子が物理的な空気弾を作れるわけ……」

「アッシュさん、現実を見てください。私はその空気弾で、ゴブリンを討伐したのです」

そういえば、他人に私の強さを直接見せたことはなかった。唯一の例外が、ネーベリック戦だ。ダークエルフの村から王都に来るまでの間は、ザンギフさんたちが魔物を討伐してくれた。私がしたことは、回復魔法くらいか。

「あの……出会ったばかりで、大変失礼かもしれないけど……シャーロットのステータスってどれくらい？」

うわあ、直球で質問してきたよ。出会ったばかりの人に、普通言わないよね。でも、教えておこう。これで私を敬遠(けいえん)したら、それまでの出会いだったということだ。

「……敏捷も防御も、999を超えています」

「……マジで？」

「マジです」

沈黙が周囲を支配した。アッシュさんは、私を受け入れるかな？

「……わかった……信じるよ。実際に、あの空気弾を見たら、信じざるをえない。君も、何か途轍もない事情を抱え込んでいるようだね。ある意味、僕以上に大変だ。シャーロットなら、僕の抱えている問題を解決してくれるかもしれない」

アッシュさんが抱えている問題か。子供の私に言うくらいだから、かなり追い詰められているね。

「とりあえず、話してくれませんか？」

「……僕はロキナム学園に在籍していて、今は初等部の三年生なんだ」

アッシュさんが、神妙な面持ちで語り出した。

「十歳から十二歳までが初等部、十三歳から中等部となるんだけど、初等部の最終学年である三年生には、ノルマが課せられているんだ」

ここの学園もエルディア王国と同じで、十歳からのスタートなんだね。アッシュさんは、十二歳なのか。

「そのノルマとは何ですか？」

「三年生になってから半年以内に、冒険者ランクをDに上げることさ」

別段、難しくないよね？　Eランクの依頼を連続十回成功させた後、実技試験で試験官に認めてもらえばいいだけだ。Eランクの依頼内容は、ゴブリンやコボルトなどのEとFに相当する魔物討伐を主体としている。魔法が封印されているとはいえ、十二歳という年齢を考えると、クラスメイトとパーティーを組み、剣術や槍術スキルなんかを駆使すれば、比較的簡単に達成できると思う。

「半年という期間があるのなら、簡単では？」

「普通ならね。でも、僕には一つ問題があってね」

問題？　アッシュさんを見ると、どこか悔しそうな表情をしている。

「僕自身の強さが、ゴブリン並みなんだよ」

アッシュさんも、自分の弱さを自覚しているのか。

「初等部一年生の最初の半年間は、普通にみんなと互角に渡り合えたんだ。けど、一年生の後半になってから、どういうわけか僕のステータスがまったく上がらなくなった。日を追うごとに差は広がっていき、今では完全に『落ちこぼれ』となってしまった。三年生のはじめ頃は、クラスメイト三人とパーティーを組んでいたんだ。でも、僕が足をひっぱり、依頼がなかなかこなせなかった。このままだとまずいと思い、パーティーメンバーと相談して、僕だけ離脱したんだよ。現在、クラスの中でDランクに到達していないのは、僕だけさ」

妙だな。基礎訓練をしていけば、レベルが上がってなくても、ステータスは上がるはずだ。

「それで、半年という期限は、いつまでなんですか？」

「……三日後。遅れたら、その場で退学となる」

三日後⁉　今から十回連続で依頼を達成させるのは不可能だよ‼　だから、一か八かで、このランクアップダンジョンに挑戦したんだ‼　でも、さっきの戦闘を見る限り、このまま進んだら間違いなく死ぬ。ここで出会えたのも何かの縁だし、手助けしますか。

「……スキルレベルは上がっているんですか？」

「担任のアルバート先生にだけ、僕の持つスキルとそのレベルを話したんだけど、みんなとほぼ同じ位置にいるらしい。ステータスレベルが上がっても、ステータスの数値だけが固定されたままなんだ。先生も色々と調べてくれたのに、原因はわからない」

それは、確かに異常だ。もしかして、呪（のろ）われてる？

「ステータス欄（らん）に、何か異常が記載されていますか？」

「何も記載されていない。正常だよ」

ふーむ、これは何かあるね。『構造解析』で原因がわかるはず。

「アッシュさん、私のステータスレベルが11になると、あるスキルが使用可能となります。

このスキルを使用したら、おそらく原因を突き止められると思います」

「え、本当⁉　シャーロットの現在のレベルは？」

「8です」

このダンジョンを攻略すれば、多分レベル11に届くと思う。

「僕と同じか。それなら二人で、ここを突破しよう。シャーロットの強さに頼らず、僕自身も戦うよ」

そうは言っても、アッシュさんの強さはゴブリン並みだ。さすがにその強さでは、最下層に到達するまで、かなりの困難を強いられるだろう。ここは、強さを底上げしておく必要があるね。

「アッシュさん、『身体強化』のスキルレベルはいくつですか？」

「え、2だけど？」

2だと、大した強化にならない。レドルカたちに教えた方法で、どこまで引き上げられるかな？

「アッシュさんには、『身体強化』のスキルレベルを上げてもらいます。私の教えた通りにイメージすれば、おそらく一つか二つ上がると思います。そこまで上がれば、格上となるEランクの魔物相手でも、一人で対処できますよ」

「え、二つ⁉　『身体強化』は、そんな簡単には……」

「実践(じっせん)済みです。私の仲間たちも、その方法で上がりました」

私はアッシュさんに、人間の身体の仕組みについて教えた。どうやら学園でも、臓器(ぞうき)や筋肉あたりは教わっていたらしく、すぐに理解してくれた。さすがに、細胞のことまでは知らなかったけど。

「わかった。臓器や筋肉、骨を構成する細胞にまで魔力を行き渡らせるよう、強くイメージするんだね。やってみるよ‼」

さあ、どこまで上がるかな？

「嘘……スキルレベルが、2から5に上がった。こんな簡単に上がるなんて……」

よし、成功だ‼　でも、アッシュさんの年齢で三つも上がるとは思わなかった。おそらく、アッシュさんが日頃から努力していたんだね。コツを教えたことで、秘めたる力の一部が解放されたのだろう。

「次に、私が先程お見せした『身体への属性付与』の方法をお教えします」

「え、いいの⁉」

「はい、隠しているわけではありませんので」

私は、『身体強化』と属性付与による二重の強化方法を教える。アッシュさんはこの二つを使用しながら、身体を三十分ほど動かすことで、扱い方に慣れてくれた。

この間、私はアッシュさんの動きを終始観察していた。そこで、不自然な点を発見した。彼の基本ステータスはゴブリン並みにもかかわらず、剣術や体術の動きが異様によかったのだ。明らかに、ステータスとのバランスが不自然だ。

「シャーロット、凄いよ。『身体強化』と属性付与を上手く使いこなせば、このダンジョンの魔物たちとも渡り合える!!」

「二つの同時使用は、極力避けてください。私の仲間たちは全員が大人なので問題なかったのですが、『身体強化』と属性付与の力を一ヶ所に集約させると、かなりの負担がかかると言っていました。アッシュさんの場合だと、二重使用だけで負担になると思います」

「何度か試してみたけど、確かに身体にはかなりの負荷がかかるね。気をつけるよ」

これで準備万端だ。ダンジョンの探索を再開しよう。

6話　新技『風の刃』でやらかしました

地下二階へと通じる階段を目の前にして、私たちはホブゴブリン二体にゴブリンメイジ一体と交戦している。アッシュさん曰く、ゴブリンメイジ自体は非力だが、回復魔法のヒールと火魔法のファイヤーボールを使用するため、遭遇したら真っ先に討伐すべき相手らしい。だから、アッシュさんがホブゴブリン二体を相手している間に、私がゴブリンメイジに接近し、『内部破壊』で瞬殺した。そして現在、私たちはホブゴブリンとそれぞれタイマンで戦っているところだ。

「アタタタタタタタタタタ」

ホブゴブリンの身長は、私よりも少し高いくらいだ。アッシュさんが戦っている方はショートソードを持っていて、私の方は右手に棍棒を装備している。私は相手の懐に入り、顔面やボディーをパンチで連打しているところ。

「ギギ。ギグギャガガガガ（弱い。まったく効かないぞ）」

この～‼　まったく効いてないよ。やはり、攻撃力0は伊達じゃない。

「あのさ、シャーロット。そろそろ遊びはやめてくれないかな？　僕の方は、決着がついたよ」

アッシュさんが呆れた顔で、私を見ている。

「パンチを何百発も当てたらさすがに倒れるんじゃないかと思って、連打しているんですけど、こいつ全然倒れません」

現時点で、百発近く連打しているのに、このホブゴブリンは鼻をほじっている。なんか、ムカつく‼

「君の攻撃力は0なんだから、どれだけ連打しても、ダメージはゼロだよ」

く、正論を言われると……もうやめよう。馬鹿らしくなってきた。

「『内部破壊』」

「ギ（え）？」

パンチが当たった瞬間に『内部破壊』を使用したら、すぐに効果が現れて、ホブゴブリンは倒れ、消失した。

「何度か戦い方を見たけど、本当に攻撃力が0なんだね。それに、『内部破壊』だっけ？　皮膚に触れた瞬間、相手の魔力をかき乱し、それを利用して相手の中枢を叩く。傍から見ると、何が起きているのかわからないよ。でも、怖ろしいスキルだ。僕もいつか習得したい」

アッシュさん、私の戦法にかなり慣れてきたね。よし、次の段階に移ろう。私が試したい技は、あと二つある。

「『内部破壊』に関しては、『魔力循環』『魔力操作』『魔力感知』が最低でも8以上ないと、習得できませんよ」

レドルカたちから質問されたときは、『内部破壊』についてきちんと答えられなかった。だから、私は新規スキルの習得条件について、その詳細をきちんと確認しておくことにしたのだ。

「8だって〜〜!?　シャーロットのスキルレベル、一体いくつなの!?」

「『魔力循環』『魔力操作』『魔力感知』、いずれも10です」

　というか、振り切っているせいで、正確な数値はわからない。

「最高レベルじゃないか⁉　その歳で、どうやってそこまで上げられたの⁉」

「死ぬ危険性が非常に高いので内緒です。私の場合、特殊な事情が絡んでいるのです」

　ネーベリックの件もあるし、現時点では事情を明かせない。それに、実践したら間違いなく死ぬと思う。

「シャーロット自身が死ぬ寸前にまでなったということ？　……わかったよ、これ以上は踏み込まないでおくよ」

　そうしてくれると助かるね。

　さて、アッシュさんと出会ってから四回魔物と戦ったけど、私の直接攻撃力は間違いなく0だ。でも間接攻撃力は数値こそわからないけど、おそらく999を超えていると思う。指弾の扱い方にも慣れた。周囲に冒険者がいる状態で使用しても、きちんと制御できるだろう。

「アッシュさん、この地下一階で、お互いの戦い方がわかりましたね」

「え……そうだね。僕も、『身体強化』と属性付与の扱い方を実戦で学んだおかげで、このダンジョンでも通用することがわかった。連携も機能してる。よし、地下二階へ行こう‼」

　そうして目の前にある階段を下りていくと、出口付近が異様に明るかった。出口を抜けると——

「え、明るい⁉　ここが森林エリア？」

「クラスのみんなから聞いていたけど、まるで外にいるみたいだ」

出口の先は、ジャングルだった。上を見ると、かなり天井が高く、ダンジョンとは思えないほど、周囲が異様に明るい。でも、さっきの洞窟エリアと違って、視界が悪い。魔物たちの襲撃に備えるべく、『魔力感知』と『気配察知』の力が強く要求されるだろう。

「アッシュさん、行きましょう」

「シャーロット、無闇に宝箱を開けちゃダメだよ。『状態異常無効』のユニークスキルを持っていることは、ここまでの冒険でわかったけど、『罠察知』と『罠解除』のスキルを磨きたいのなら、宝箱自体や周囲を観察しないといけない」

アッシュさんは、あの件のことを言っているのか。

地下一階で宝箱を見つけたときのこと。私がそれを躊躇なく開けたら、紫色の煙がモクモクと出てきて、アッシュさんが毒に侵されてしまったのだ。無論、私は異常なし。私が『状態異常無効』というユニークスキルを持っていることを伝えると、毒に侵されながらも——

『強さといい……スキルといい……反則……』

と、苦しみながらもツッコミを入れていた。

なお、すぐさま私が毒消し用のポーションを彼に飲ませたことで、事なきを得ている。魔鬼族全員が魔法を封印されている状態だから、もちろん魔法での治療はできない。そのため、状態異常回復薬やその効能も兼ね備えたポーションの需要が非常に多い。イミアさんに言われて、各状態異常に対応可能な薬やポーションを買っておいてよかった。魔鬼族に変化しているので、表立って魔法を使えないからね。お金に関しては、クロイス姫が工面してくれた。

その件以降、アッシュさんは私に『罠察知』の方法と、自分の知りうる限りの罠解除の方法を教えてくれたのだ。そのおかげで、『罠察知』と『罠解除』という二つのスキルを習得できた。

「わかりました。『罠察知』と『罠解除』は覚えたてで、スキルレベルが1しかありませんから、今後は慎重に行動していきます」

洞窟と違い、森林となると、罠がどこに設置されているのかわかりにくい。進んでいたら、高さ八メートルくらいある木のてっぺん付近に魔物の気配を感じた。

「アッシュさん、あそこにいる魔物は？」

見た目は小型の猿っぽいけど、身体全体が鱗のような硬い何かで覆われている。

「あれは……Eランクのシールドウォックだ。小型だけど、身体を覆う硬い鱗のせいで、攻撃力と防御力が高く、素早さもある。やつは接近戦を得意としていて、遠距離からの攻撃に弱い」

遠距離攻撃に弱い……か。それなら、あの新技を試せる!!

「新技を試していいですか？　あの位置なら、他の冒険者たちにも被害は及びません」

「確かに、あの位置なら大丈夫かな。どんな技なの？」

「ふふふ、いずれアッシュさんにもできるような技です。見ていてください」

私の目の前に落ちている棒切れを拾う。ちょうどいい長さだね。これを使わせてもらおう。

二つ目の新技、一言で言うなら『風の刃』というものだ。ある程度の力量を持った剣士は、剣を振ったときに生じる風圧で、風の刃を発生させることができる。

まあ、これは漫画やアニメの世界での話だけど、ここはその世界に限りなく近い。指弾ができたのだから、風の刃もできるはずだ。

剣による攻撃の場合、直接攻撃に該当するのは刃の部分のみ。その攻撃から派生する『風の刃』は間接攻撃に該当するだろう。

早速、やってみよう。まずは、シールドウォックに軽く『威圧』をかける。

「よし、『威圧』が効いてる」

次に、棒切れを左腰のベルトの隙間に入れ、居合斬りの構えをする。はじめてやってみる技だから、確実に成功させるためだ。現実の日本でも、『居合』という技は存在するからね。力は三割程度にして……

「いけ‼　居合斬り‼」

あれ？　こっちを見ているシールドウォックに反応がない。もしかして失敗した？

――ドゴーーーーーーン‼

え、何⁉　居合斬りを放ってから数秒遅れて、物凄い轟音がダンジョン全体に響いた‼

「うわあぁぁぁーーーー、なんだこの音⁉　あ‼　て……て……天井が……」

アッシュさんが小刻みに震え、天井のある一画を指さした。

あ‼　天井に、剣で斬ったかのような一筋の跡がある。まさか……私の仕業？

「あ、シャーロット、シールドウォックと木々が‼」

え？　シールドウォックの身体がズレてきた‼　そして、木々も風の刃で斬られたらしい。ズズズと音を出し、スッパリと斬れて地上に落下、ズズゥーーーーンという衝撃音が鳴り響いた。斬れたのは一本だけじゃない。私が刃を放った方向にある全ての木々が、シールドウォック含めて見事にスッパリ斬れていた。居合斬りで放った風の刃の威力が強すぎる‼

「やばい‼　逃げないと‼　シャーロット、急いでここから離れるんだ‼　みんなが何事かと思って、ここに集まってくるかもしれない」

「あ……はい」

とんでもないことを仕出かしてしまった。この技は使用禁止だね。急いでこの場から離れよう。

「……シャーロット、さっきの技は刀術の居合斬りだよね？」

「はい。指弾と同じく、剣を思いっきり振ったら、風の刃が発生するんじゃないかと思い、適当に居合斬りをやりました」

「あれで……適当？　剣も見えなかったし、ダンジョンの天井に大きな傷跡（きずあと）をつけるなんて……威力が大きすぎる。シャーロットは、武器を持たない方がいい」

改めて、自分の力を痛感（つうかん）したよ。三割くらいの力で、あの威力……下手（へた）に武器を持ったら、確実に仲間を殺してしまう。

「すみません。あそこまで威力があるとは思いもしませんでした。武器に関しては、きちんと扱い方を習ってから、実戦で使用することにします」

クーデターのときに知らずに使っていたら、敵味方関係なく全滅していたかも。

「ここで試しておいて正解だったね。さあ、先に進もう」

「はい」

新たな課題が発生した。『風の刃』のような、強力な遠距離攻撃を制御できる力を身につけないといけない。当分の間、近距離攻撃と指弾による中距離攻撃の制御に専念（せんねん）しておこう。遠距離攻撃は、その後で頑張（がんば）ろう。

7話　シャーロットの魔法講義

私たちは、地下二階での居合斬りによる騒ぎの後、堅実にダンジョン攻略を進めていった。途中、私もアッシュさんも、毒や混乱などの状態異常系の罠に何度か嵌まってしまったけど、その都度、私がアッシュさんを薬で治療した。落とし穴の罠に関しては、察知できるようになってきたので、事前に察知して、罠をダンジョンから引き剥がした。その後、自分のものにしたんだけど、アッシュさん曰く――

「ダンジョンの罠を引き剥がせるなんて、聞いたことがないよ。しかも、引き剥がすとき、それを防ごうとなんらかの攻撃魔法が働いたと思うんだけど……シャーロットはノーダメージなんだね。シャーロットにしかできない芸当だよ」

らしい。私の異常なステータスだからこそできるんだね。これまでのところ、私は罠の『落とし穴』を五個獲得している。これらは、クーデターのときに利用できそうだ。

そして私たちは今、地下四階のセーフティーエリアにいる。時刻が夕方五時となったので、今日はここで泊まることに決めた。ここには他に十代前半の冒険者が六人もいて、彼らも野営の準備をはじめている。

周囲は森林に囲まれているけど、このエリアの区域だけが、大きな広場となっていた。清浄な空気が出ているからか、魔物の気配が一切ない。これなら安心して料理を食べられるし、ゆっくり眠れそうだ。

夕食にはまだ早いから、少しアッシュさんの魔法の鍛錬をしよう。

これまでのアッシュさんの戦い方を見てきたけど、剣術や体術のスキルレベルは比較的高いんじゃないかな？　Eランク相手にも、十分通用している。でも、肝心の魔法が問題だ。

「アッシュさん、夕食にはまだ早いので、今から魔法の鍛錬をしましょう」

アッシュさんが持っている魔導具は、四つの指輪だ。うち三つは、ヒール、ファイヤーボール、アイスボールがそれぞれ放てるもの。あとの一つは、誕生日に貰ったという『祝福の指輪』で、呪いを受けつけない効果があるらしい。アッシュさんは、常に祝福の指輪とヒールの指輪を装備している。残り二つは、状況に応じて装備するそうだ。理由を聞いたら、指輪をつけすぎると、剣を握りづらくなるからだとか。

「鍛錬？　僕の魔法、どこかおかしいかな？」

「はっきり言いますと、魔法の根幹となるイメージが弱すぎて、本来の力を出せていません」

「え？　詠唱だってきちんと唱えているし、火と氷のイメージも問題ないと思っていたけど……」

その火と氷のイメージが弱すぎるんです。

「アッシュさん、とりあえず授業で学んだことを全て忘れてください。ここだけの話にして欲しいのですが、私は『精霊視』というユニークスキルを持っています。このスキルのおかげで、私は精霊様を認識することができ、五歳の頃から多くのことを教わりました。今から私の言う通りに、アイスボールを放ってください」

明日にはボスと戦うことになるから、アッシュさんをさらに強化させておこう。本当なら、スキル『武器強化』も教えたいところだけど、まずは属性付与に慣れてもらわないといけない。

「せ……『精霊視』を持っているの!?　わ、わかった」

まずは、『無詠唱』を覚えてもらおう。

「水の属性を身体全体に付与してください。次に、頭の中で手の平の上にアイスボールを出現させるイメージを強く思い浮かべてください。そして最後に、アイスボールと言って、手の平の上に出してください。余計なことは考えず、必ずできると強く思いながら実行してくださいね」

身体への水属性付与は別にいらないんだけど、これをやっておいた方が、成功率も高くなるはずだ。

「よ、よし……アイスボール。うお⁉　出た、浮いてるよ‼」

まさかの一発成功だ。これで『無詠唱』を獲得した。でも、これで終わりじゃないよ。

「これまでのアッシュさんは、このアイスボールを速球で投げて、魔物にぶつけていただけです」

「え、それがアイスボールという魔法だろ？」

「そこ‼　その思い込みがダメなんです。まずは、そのボールに回転を加えてください」

ここからが、新型のアイスボールとなるわけだけど――

「回転か」

アイスボールが、手の平の上で回転し出した。回転数も上がってきている。

「限界まで回転させてください」

「……こ、これで限界だ」

「それでは、私の指弾の動作を思い浮かべながら、誰もいないあちらの方向へ射出してください」

「指弾の動作を参考にするのか……そうなると、魔力を手の平に蓄積させて、それを前方に放てばいいはず――いけえ～～～」

ボンという音とともに、アイスボールがこれまでにないくらいの猛烈な速度で、木に激突した。大音量の激突音、そして激突箇所からは、白煙が上がっている。うん、速度と威力が格段に上がったね。

「嘘だろ⁉　今のが初級魔法のアイスボール？」

「おそらく、魔力関連のスキルレベルが向上すると、もっと威力が上がると思います」

　第一段階は成功だ。次に移ろう。

「アッシュさん、アイスボールを私にください。イメージの仕方次第で威力や射出速度が速くなることを、アッシュさんにもわかるように説明します」

「わかった。ただ、目で見えるようにして欲しい。ところで、僕の魔力で作った魔法だけど、シャーロットに調整可能なの？」

「可能です。相手のイメージを上回れば、たとえそれが相手の魔法であっても、支配することができます」

　アッシュさんからアイスボールを貰い、イメージの再構築を試みた。

「これがアイスボール、そして形状を変化させると、このようにアイスランスとなります。氷を主軸とする魔法なら、イメージするだけで玉から槍へと簡単に変化できますし、回転を加えることもできるのです。槍の場合、このように回転を加えてから放てば、貫通力が格段に上がるでしょう」

　周囲にいた六人の冒険者も、知らない間に私の講義を聞いていて、アッシュさんと同じく呆然としている。

「アイスボールの魔法がアイスランスに変化するなんて……」

「魔法の固有名称は、思い浮かべたイメージを正確かつ迅速に具現化させるためのものです。アッシュさんが持っている魔導具は、初級魔法のアイスボールが付与されたものなので、少し手間ですけど、はじめにアイスボールを出した後、形状変化させれば、他の水や氷の初級魔法になるはずです。ただし、この魔導具では中級や上級の魔法を使用できませんので、注意してください。みなさん、『アイスボールしか放てない』という思い込みを捨ててください。そこに強いイメージを与えることができれば、魔導具に備わっている属性の初級魔法全てが使用可能となるでしょう」

　私の話が終わると、周囲が一瞬静かになる。そして数秒後、全員から大歓声が上がった。

「凄い‼　これは画期的な発想だよ‼」

「アイスボールを出してからの形状変化、誰も思いつかなかった」

「今の俺たちにとって、中級以上より、初級魔法が大切だ。この子のおかげで道が開けた。早速、練習しようぜ‼」

　六人の冒険者全員が、私にお礼を言い、セーフティーエリアで練習をはじめた。エリア内であれば絶対に魔物に襲われないから、安心して練習に打ち込める。

「シャーロット、凄いよ。魔法が封印されているから、魔鬼族全員がかなり苦しんでいたんだ。販売されている魔導具の指輪も、アイスボール、ファイヤーボール、ヒール、ウィンドカッター、ロックボールの五種類しかない。君の理論が正しいことは、アイスボールの形状変化で証明された。これで、水、氷、火、風、土の初級魔法全てが、魔導具を経由して使用可能になる。あとは、どれだけイメージを強く持てるかだ。僕も、練習するよ」

アッシュさんも冒険者六人の中に入って、一緒に練習をはじめた。あの七人、私の理論が正しいのを実際に見たこともあって、全員が詠唱なしでアイスボールやファイヤーボールを出している。元々『無詠唱』を持っていたのかわからないけど、もし持っていなければ、ステータス確認時に驚くだろうね。

その後、全員が二時間ほどで形状変化させることに成功し、歓喜の雄叫びを上げた。

ここにいる全員に仲間意識が芽生えたので、一緒に夕食を食べることに。しかし、この夕食でも一波乱あった。それは、私が提供した料理にある。

私は不測の事態に備えて、魚の塩焼き、カレーライス、カレーピラフ、ピラフ、屑肉ステーキ、パエリアを一品につき二人前ずつ作成し、マジックバッグに保管しておいた。今回、私以外のメンバーの食事が、干し肉と生サラダ、固いパンと干し肉といった感じで、あまりにも質素すぎたので、私の料理を一品ずつ出して選んでもらった。

そうしたら思いのほか好評で、全員がおかわりを求めてきたのだ。これらは緊急事態用のものなので、これ以上提供できないと言うと、全員がガッカリしていた。そこで、これらの料理はニャンコ亭という店で既に提供されていることを教えてあげた。全員が、今すぐにでもその店に行きたいという衝動に駆られていたようだね。

早く店に行きたいからか、夕食を食べ終わった後、夜九時には就寝することとなった。テントに入ると外の明るさも遮られるので、私もすぐに夢の世界へと入っていった。


——翌朝。

冒険者六人は、私に再度お礼を言い、セーフティーエリアを離れていった。「さっさとボスを討伐して、ニャンコ亭に行くんだ」と意気込んでいた。私たちも、二十分ほどしてから出発した。

「昨日の練習のおかげで、自信がついてきたよ。森林エリアの罠にも慣れてきたし、上手くいけば昼前に、ダンジョンを攻略できるかもしれない」

洞窟エリアでは、宝箱と床の一部に、罠が仕掛けられていた。でも森林エリアでは、地面に落ちている蔓、大きな花、地面、木の一部が罠となっていて、当初見分けるのに苦労したんだよね。地面に落ちていた蔓が急に動き出したり、Eランクのウィークトレントが木に擬態していたり、大きな花に近づいたら花粉を吹きかけられ、アッシュさんが爆睡したりもした。ただ、こういった罠に何度も引っかかると、どれが罠なのか自然とわかるようになった。

「罠に関しては、私もアッシュさんも見分けられるようになりました。油断さえしなければば、大丈夫ですよ」

私たちは地下四階の探索を再開した。

〇〇〇

おかしい。探索を再開してから一時間、地下四階全体を粗方探したはずだけど、地下五階への階段が全然見つからない。

「アッシュさん」

「わかってる。これだけ探しても、地下五階への階段が見つからない。そうなると、おそらくどこかの罠に嵌まり、それを突破することで、階段への道が開けるはずだ」

ロールプレイングゲームでも、そういった方法で先に進めることあったよね。私たちがこれまで見つけて回避した罠か、見落とした罠のどれかに、階段が隠されているわけか。

「そういえば、怪しい大きな円形の広場が一ヶ所あった。多分、そこに階段がある」

「あそこですか。あからさまに怪しかったので、スルーしていたところですね」

あの場所は、ここから近い。

——私たちは現れる魔物を討伐しながら、約十分で目的地に到着した。そこは直径十メートルほどの円形広場で、中心には宝箱が一つポツンと置かれている。

「どう見ても怪しいな」

「これを開けると、魔物が現れるんでしょうか？」

「ダンジョンの中には、魔物を討伐することで階段が出現する場所もあると、先生が言っていた。ここが、その場所だと思う」

「そもそも、クラスメイトからこのダンジョンについての情報を聞き出していないのですか？」

「ランクアップダンジョンに挑戦した友達は、一人もいないよ。半年という期間があれば、ほとんどの子たちが通常のやり方でDランクになれるからね」

学園に通っていない冒険者であれば、自分の実力を周囲に認めてもらうため、仲間を作って、このダンジョンに挑戦するだろう。しかし学園生の場合、わざわざ危険を犯してまで、ランクアップダンジョンに挑戦する必要はないのか。

「シャーロット、宝箱を開けるよ」

「はい」

さあ、どんな罠が襲ってくるかな？

8話　最下層のボス

広場中央にある一つの宝箱。色々と外観を見た限り、罠はなさそうだ。しかし、『罠察知』スキルがまだ低いから、罠そのものを見破れないのかもしれない。そこで、私たちはある作戦を考えた……

アッシュさんが宝箱を開けた‼　その瞬間、私もアッシュさんも息を止め、急いで宝箱から五メートル離れた。

「アッシュさん、宝箱から煙が‼」

「やはり罠があったか‼　煙の色は緑、麻痺系の罠だ」

このダンジョンにおける宝箱の煙系の罠に関しては、四種類あることがわかった。開けたときに出る煙の色が、紫だと毒、緑だと麻痺、白だと睡眠、黄色だと混乱になり、三分間状態異常に陥ってしまう。煙を吸わなければ状態異常にはならないので、開けた瞬間に逃げたのだ。

宝箱から出る煙は、周囲二メートルを覆い隠した。そして煙が出ている間、円形広場の境目付近にある木々に絡まっていた蔦が突然動き出し、私たちを逃がさないよう広場を囲んでいき、最終的に高さ四メートルほどの蔦の壁を形成した。

「閉じ込められましたね」

「この円形の広場のどこかから、魔物が出てくるはずだ」

蔦の壁の一部がたわみ、Eランクの魔物、ロックウルフ六体が入ってきた。この魔物は、土属性の、茶色く硬い毛に覆われている狼で、Eランクのわりに防御力が高く、敏捷性もある。

「ギャンギャン（馬鹿なやつらだ）」

「グワ、ギャングワン（みんな、獲物はガキだ‼）」

「ワオーーーーン（襲えーーーーー）」

六体となると、連携して攻撃してくるか。

「シャーロット、各個撃破していこう‼　僕は教えてもらった魔法で迎え撃つ‼」

ここまででアッシュさんは、ファイヤーボールでノーマルスライムやポイズンフロッグを一撃で討伐している。周囲の影響を考えると、ここではアイスボールを放つのかな？

「わかりました。指弾――よし、一体討伐～」

「アイスボール……くらえ、アイスランス‼　こっちも一体‼」

うん、昨日の訓練のおかげで、氷魔法の威力も貫通性も格段に上がっている。アッシュさんからアイスボールを貰って、私も魔法を放ってみよう。

「ギャ、ギャンギギャギイ（嘘、こいつら強い）」

「アッシュさん、こっちにアイスボールをパスしてください」

「え、わかった‼　アイスボール」

おお、きちんと速度を遅くしてパスしてくれた‼

「ナイスボール、シャーロット、第一球を、投げましたーーーー」

なんか「キイーーーーーーーン」と言いながら、物凄い球速でロックウルフに当たった‼

「ギャッ‼（え）」

うわあ〜命中した後、ロックウルフは見事に吹っ飛んでいき、アイスボールごと壁にめり込んだ。

「ギャギャ、ギャギャ、ギャッギャ、ギャガギガガーーー（やべえ、こいつら強いぞ、逃げろ……って、俺たちがこいつらを閉じ込めているんだったーー）」

うーん、魔物の言葉がわかるせいで、コントを見ているようだ。残り三体のロックウルフに関しても、私の指弾とアッシュさんのアイスボールで問題なく討伐できた。直後、宝箱とその下の地面が崩れ落ち、地下五階への階段が現れた。

「よし‼　階段が現れた」

「いよいよ最下層ですね」

「昨日の冒険者たちから仕入れた情報によれば、まっすぐの道が続いていて、道なりにしばらく進むと、ボスに到達するらしい」

　おお、それはいい情報だ‼　情報が正しければ、すぐボスと戦えるということだ。

「アッシュさん、心の準備はいいですか？」

「ああ、行こう‼」

　私たちは地下五階へと下り立った。森林エリアではあるけど、情報通り、果てしなく続く一直線の道がある。道の両端には木々が密集(みっしゅう)していて、天然の壁になっていた。あそこまで密集していると、魔物たちも動きづらいだろうに。ただ、道なりに進んでいるが、魔物は一向に現れない。

「魔物たちが襲ってこないな？　罠(わな)もなさそうだし……あ‼」

　前方に、江戸時代の関所のような建物が見えてきた。大きな木製の門がドンっと鎮座(ちんざ)している。でも、門を守る警備兵らしき魔物はいない。

「この門の奥に、ボスがいるということですか？」

「おそらく、そうだろう。ボスの力量はDランク、手下の力量はEランク。今の僕の力が、どこまで通用するのか不安だけど……全力でぶつかるしかない。ヒールとアイスボールの指輪も装備しているし、シャーロット、悪いんだけど……」

「手下たちは私に任せて、アッシュさんはDランクのボスに集中してください」

今のアッシュさんの力に、『身体強化』と属性付与の力を合わせれば、多分ボスに勝てると思う。でもさすがに、手下たちまで倒す余裕はないだろう。

私たちは門を開け、その奥へと入っていった。すると……二十メートル先が壁となっており、そこにも扉があった。きっとガーランド像のある部屋への入口だろう。

そして、その入口を守るかのように、ボスのゴブリンロードが一体、手下のロックウルフ二体とコボルトメイジ二体がいた。

「全部で五体か。シャーロット」

「大丈夫です。アッシュさんは、ゴブリンロードに集中してください」

「ありがとう、行くぞ‼」

私たちが戦闘態勢に入った途端、ゴブリンロードが雄叫びを上げた。しかし、私はそんな叫びに怯むことなく、相手の目に映らないほどの敏捷性を発揮し、指弾二発と『内部破壊』二発で手下たちを瞬殺した。

「って、アレ？　手下がいない⁉」

アッシュさんとゴブリンロードは、手下がいないことに気づき、互いに首をコテンと傾げた。

「安心してください。ゴブリンロードが雄叫びを上げている間に、私が始末しておきました」

本当はこのダンジョンでもう一つの新技を試したかったけど、もう最下層のボス部屋だし、アッシュさんに任せよう。

「早いよ、早すぎるよ‼」

「ゴフ、グゴゴフゴフ（汚い、お前ら卑怯）」

「今から戦闘するのに、雄叫びを上げる馬鹿が悪いですね。隙だらけでした」

おかげで、瞬殺できました。

「いや……まあ、そうなんだけど……」

「アッシュさん、タイマン勝負です。頑張ってください」

アッシュさんもゴブリンロードも、互いに出鼻を挫かれたのか、動こうとしない。

ゴブリンロードは、ゴブリン（体長約八十センチ）とホブゴブリン（体長約百三十センチ）の上位だけあって、約二メートルと大きい。濃緑色の皮膚、尖った耳、鋭い目、小汚い服を着ており、体格ががっしりとしている。さらに右手に三日月刀、左手に木の盾を装備していることもあって、正面にいるアッシュさんは、威圧感を覚えているはずだ。

「考えていても仕方がない。はじめから全力でいく‼」

アッシュさんが仕掛けた‼　いきなり『身体強化』をフルに使用してジャンプし、ゴブリンロードを頭上から上段斬りする気かな？　あ、ゴブリンロードが木の盾でガードした。

「いまだ、属性付与発動‼」

おっ、アッシュさんが身体全体と武器に、火属性を付与した‼　武器に無駄なく火の属性付与を纏わせている。気づいてないだろうけど、その技は属性付与の強化版である『武器強化』だ。この土壇場で、新たなスキルを体得するとはね。

「はああーーー、その左腕を貰ったーーー」

アッシュさんの上段斬りは、見事木の盾と左腕を斬り裂き、ゴブリンロードの頭を首まで斬ったところで、刃が止まった。ただ、首で止まった瞬間、アッシュさんは勢い余って剣を離してしまった。

「くそ、剣が‼　それなら魔法で……」

アッシュさんは瞬時に魔法による戦法に切り替え、動きを止めているゴブリンロードに、アイスランスを二発放った。一発は右太もも、二発目は左胸に刺さる。でも……

「アッシュさん、ゴブリンロードはもう死んでますよ」

「え、死んでるの⁉」

「ゴブリン族は人に近いですから、急所である頭を斬り裂いた時点で、既に死んでました。それより、おめでとうございます。新たなスキルを習得しましたね。ステータスを見てください」

「なんか、呆気ないな。シャーロットに教えてもらった切り札が、それだけ強力なのか。ゴブリン並みの僕でも、Dランクと互角に渡り合えるんだ。あ、ステータスだったね」

　ついさっき構造解析してわかったけど、ゴブリン、ホブゴブリン、ゴブリンロード、上位にいくほど、ステータスも高かった。しかし、ゴブリンは『身体強化』を持っていなかった。ホブゴブリンの『身体強化』のスキルレベルは1、今回のゴブリンロードは2。それに対して、アッシュさんは5、そこに属性付与による『武器強化』スキルも重なって、相手の防御力を上回ったんだ。

「え⁉『無詠唱』と『武器強化』があるよ‼」

「アッシュさん、呪文の詠唱なしでポンポン魔法を放ってましたよ。『武器強化』は、属性付与の上位に相当しますね。武器に無駄なく属性を付与させることで習得できるスキルです」

「そういえば、シャーロットに教わってから、全然詠唱してなかった。まさか、こんな簡単に『無詠唱』を習得できるなんて……それに『武器強化』、学園で習ってはいたけど、習得はまだまだ先だと思っていた」

　そういえば、以前精霊様が「どの種族も、スキルの習得効率が悪い」と嘆いていた。正しいやり方で習えば、レアスキルと呼ばれている『無詠唱』なんかも、成人するまでには習得できると言っていたよね。

「シャーロット、君に出会えてよかった。君に出会わなければ、僕はここで死んでいたかもしれない。色々と教えてくれて、本当にありがとう。僕のレベルは11になったけど、結局ステータスは上がっていない。けど、こんな僕でも強くなれる方法を見つけたんだ。今後も頑張(がんば)るよ」

あ‼　そういえば、さっき普通に『構造解析』を使えていた。もしかして……やった‼　ステータスレベルが11になってる。最下層の手前で、11になっていたのか。これで『構造解析』の処理速度が星二つに上がって、王城を解析中でも『構造編集』が使用できるよ。

「アッシュさん、喜ぶのはまだ早いです。私のステータスも11になったことで、『鑑定』の上位スキルである『構造解析』が使用可能となりました」

「『構造解析』？　聞いたことないけど？」

当然だよね、私専用のユニークスキルだし。でも、嘘は言ってないよ。

「『鑑定』は、経験を重ねることでレベルアップしていきます。しかし、『構造解析』はユニークスキルに属しますので、レベルを上げることなく相手のステータス情報や現在までの経験の全てを知ることができるのです」

「な⁉　そんなスキルが存在していたのか。あ、だから出会った当初、僕の数値が上がらない原因がわかるかもと言っていたのか」

「使っていいですか？」

「ああ、いいよ。僕の持ってる情報の中に、原因があるのかもしれない」

私の『構造編集』で解決できればいいけど……まずはアッシュさんを『構造解析』だ。

名前　アッシュ・パートン
種族　魔鬼族／性別　男／年齢　12歳／出身地　ジストニス王国王都ムーンベルト
装備品　ロングソード／学生服／祝福の指輪（偽装(ぎそう)）／ヒールの指輪／アイスボールの指輪
レベル11／HP69／MP47／攻撃60／防御51／敏捷55／器用91／知力117
魔法適性　全属性／魔法攻撃63／魔法防御42／魔力量47
火魔法：ファイヤーボール
氷魔法：アイスボール
風魔法：ウィンドカッター
土魔法：アースウォール・ロックボール
回復魔法：ヒール
ノーマルスキル：身体強化　Lv5／魔力操作　Lv4／剣術　Lv4／体術　Lv4／武器強化　Lv4／魔力感知　Lv3／魔力循環　Lv3／気配察知　Lv3／魔法反射　Lv3／恐怖耐性　Lv3／気配遮断(しゃだん)　Lv2／罠(わな)察知　Lv2／罠(わな)解除　Lv2
ユニークスキル：無詠唱
称号：なし

状態異常：魔法封印

ステータスは、ゴブリンよりほんの少し強いくらいか。でも、十歳の時点でこの数値ということは、相当努力していたに違いない。

『魔法反射』と『恐怖耐性』のスキルもついてる。『魔法反射』に関しては、昨日の練習で相手の魔法を撥ね返すことに成功していた。そのときに習得したのだろう。『恐怖耐性』に関しては、いつ習得したのかな？

そして、一ヶ所だけ、おかしい部分があった。装備品の祝福の指輪が偽装になっているのだ。これは、アッシュさんの情報をもっと深く掘り下げて調査しないとダメだね。

9話　呪いからの解放

祝福の指輪に関係するアッシュさんの情報を見てみよう。指輪単体とアッシュさんの情報の概要を見れば、原因がわかると思う。

概要

アッシュが十歳のとき、同じ孤児院出身の幼馴染であるグレンとクロエから、誕生日プレゼントとして『祝福の指輪』を貰った。しかし、この指輪の真名が『呪いの指輪』であることを、彼は知らない。指輪には、ある特殊効果が施されている。装備者が死に物狂いで基礎鍛錬を行っても、生死を彷徨うほどの経験を積んでも、六つの項目【攻撃・防御・敏捷・魔法攻撃・魔法防御・魔力量】の数値が増加しないようになっている。本来の増加分は、呪いの指輪に登録された者に還元される仕組みとなっている。

指輪の登録者は、アッシュの幼馴染であるグレンとクロエ。

呪いの指輪自体はオーパーツに属する代物だが、曰くつきの品でもあるため、闇で取引されていた。その過程で、次第に存在を忘れられ、王都の骨董品店に流れ着く。二人がその店に訪れたとき、奥に埋もれていた『呪いの指輪』を見つけ、触った瞬間、二人の心の奥底に潜む『アッシュに対する憎しみ』に反応して、指輪の本当の情報が開示された

なるほど、『祝福の指輪』の真名は、『呪いの指輪』だったのか。理由は不明だけど、グレンとクロエは、アッシュさんを憎んでいる。だから、指輪をプレゼントしたのか。

この指輪、指から外しても呪いが継続されるようだ。解呪方法は……『二人の心から、アッシュへの憎悪を消すしかない』か。精神異常を回復させる無属性魔法リムーバルや、魔法効果を消失させるディスペルでもダメなんだ。

「シャーロット、どうだった?」

「原因がわかりましたよ。ただ……」

ダンジョンの攻略も終わったことだし、ハッキリ言っていいよね。

「ただ?」

「アッシュさんにとって、かなり辛いことです。これまでの全ての思いが裏切られたというくらいの衝撃的内容です。それでも聞きますか?」

「え……聞きたい‼ 僕は、前に進みたいんだ‼」

アッシュさんの思いは本物だね。私は、アッシュさんの身に何が起こっているのか、嘘偽りなく全て話した。

「嘘……だろ。この祝福の指輪が、呪いの指輪? でも僕には清浄な指輪にしか見えない」

「魔導具の外観も中身も、全て偽装しているんです。元々オーパーツに属する性能を持っているので、解呪も容易ではありません」

「グレンとクロエに憎まれる覚えはないし、あの二人はそんなことする奴じゃない‼」

アッシュさん、真実を聞いても、二人を庇うか。

「アッシュさん自身が二人に対して何もしていなくても、これまでの行動の中に、二人に憎まれる原因があるのは確かです」

「その原因はわからないの？」

「グレンさんとクロエさんを構造解析すれば、憎しみのもととなる原因もわかります」

でも、こんな卑劣(ひれつ)な行為をするほどの二人の心から、アッシュさんへの憎しみを消すことは、容易ではない。学園に行って事情を話した場合、かえって憎しみが増すかもしれない。そうなると――

「アッシュさん、正当な方法で解呪するとなると、相当な時間を要します。だから、もう一つの手段を使って、今ここで解呪を実行します」

「は⁉　オーパーツ並みの呪いを解呪できるの？」

『構造編集』のことを話そう。ここまでの時点で、アッシュさんは私の強さやスキルを見てきたことで、ある程度慣れたはずだ。何も言わず、勝手に解呪した方が、かえって化物扱いされるかもしれない。アッシュさんと知り合ってから間もないけど、この人は信頼できると思う。

「もう一つのユニークスキル『構造編集』を使用します。このユニークスキルは、スキルや魔法、アイテムなどを別のものに編集することが可能なのです」

「はあ⁉　そんなユニークスキルが存在していたの‼」

驚き方もレドルカと同じだ。

「あ、ちょっと待って‼　通常、解呪には、最低でも金貨十枚が必要だって聞いたことがある。そんな大金は持ってないよ」

へえ～そうなんだ。金貨十枚、十万円相当か。お金は欲しいけど、アッシュさんから毟り取る気はない。

「別にいりませんよ。あ、報酬をくれるなら、学園を案内してくれませんか？　一度、中を見てみたいです」

「もちろん構わないけど、対価に全然見合ってないよ。それでいいの？」

この人のツッコミ、とことんレドルカに似ている。

「はい、それでいいです。私は見返りを求めて動いているわけではありませんので」

「それでも、シャーロットには色々と感謝しているんだ。何か恩を返したいところだけど、恩がどんどん膨れ上がっている気がする。感覚がおかしくなりそうだ」

私がしたことについて、そんな風に感じてくれているんだね。

「とりあえず、解呪しますね」

「……お願いするよ」

さて、呪いの指輪だから、『呪い』の部分を編集すればいいよね。それなら、偽装された通り『祝福の指輪』にしよう。あとは指輪の効果だけど、祝福という文字と意味を兼ね備えたものにすればいい。……うん、アレでいいかな。

呪いの指輪↓〇〇の指輪↓祝福の指輪

《この編集内容でよろしいですか？》

　これでタップだ。

《アイテム『呪いの指輪』が『祝福の指輪』へ構造編集されました》

　さあ、どうなったかな？

魔導具『祝福の指輪』
神の守護（しゅご）がかけられており、あらゆる状態異常を防ぐことができる。装備しているときに限り、ユニークスキル『状態異常無効』が付与される

　おお、イメージした通りの指輪になったよ。

「解呪終了です。ステータスで確認してください」

「え、もう解呪したの？」

「はい、私のユニークスキルは強力なので、すぐに解呪できるのです」

　一応、私もアッシュさんのステータスを確認しておこう。

名前　アッシュ・パートン
種族　魔鬼族／性別　男／年齢　12歳／出身地　ジストニス王国王都ムーンベルト

装備品　ロングソード／学生服／祝福の指輪／ヒールの指輪／アイスボールの指輪
レベル11／HP132／MP125／攻撃124／防御117／敏捷141／器用91／知力117
魔法適性　全属性／魔法攻撃102／魔法防御98／魔力量125
火魔法：ファイヤーボール
氷魔法：アイスボール
風魔法：ウィンドカッター
土魔法：アースウォール・ロックボール
回復魔法：ヒール
ノーマルスキル：身体強化　Lv5／魔力操作　Lv4／剣術　Lv4／体術　Lv4／武器強化Lv4／魔力感知　Lv3／魔力循環　Lv3／気配察知　Lv3／魔法反射　Lv3／気配遮断　Lv2／罠察知　Lv2／罠解除　Lv2／恐怖耐性　Lv3
ユニークスキル：無詠唱、状態異常無効（祝福の指輪による効果）
称号：努力家
状態異常：魔法封印

ステータスがかなり上がった‼　この基本力量は、Dランクに相当する。そこに『身体強化』スキルや属性付与を合わせれば、Cランクに匹敵すると思う。魔法攻撃と魔法防御が少し低いのは、魔法封印の影響かな。でも、昨日の時点で魔法の訓練方法を教えたし、これから増加していくだろう。

あ、『努力家』という称号もあるよ。どんな効果だろう？

称号『努力家』
レベルアップ時のステータスの増加量が1・5倍になる

うわ～、みんなが欲しがる称号だ。

「…………………」

どうしたんだろう？　アッシュさんが、口をパクパクさせている。

「アッシュさん、どうしたんですか？」

「シャーロット、ステータスが物凄く上がったんだけど!?」

「呪いを解呪したことで、今までの経験が数値として追加されたのです」

「い……いや……そ、それでもこの上がり方が……それに『祝福の指輪』の効果や称号が……」

まあ、色々あって驚くだろうね。アッシュさんは、それだけの努力を積み重ねてきたんだよ。

「アッシュさん、ボスを倒したんですから、ガーランド像に触って、ここを出ましょう。話はそれからです」

「あ、そうか」


奥の部屋にあったガーランド像に触れ、戻ってきた場所は、屋敷にあるダンジョンの入口となる階段付近だった。私たちは玄関扉を開け、太陽の光が降り注いでいる外に出ると――

「不思議な気分だ。昨日、ここに入ったはずなのに、まるで何日も外に出ていなかったような感覚になるよ」

「私も同じ気分です。あの冒険が夢のような感じがします」

私のギルドカードを確認すると、Dランクに昇格していた。

「私の方はDランクになっていました。アッシュさんは？」

「僕もDランクだ。やった……課題を突破したぞ‼ 退学にならずにすむんだ」

「アッシュさんの場合、学園に戻ってからが大変ですよ？」

これまでグレンとクロエに加算されていた数値が、一気にアッシュさんに戻ってきたということは、二人が弱体化したことを意味している。最悪、十歳の頃の強さに戻っているだろう。

「あ、そうか‼　二人の身にも、何か変化が起きているはずだ。早速………」

そのとき、アッシュさんのお腹がキュ～っと鳴った。私も、腹ペコだ。

「シャーロット、屋敷の庭に出ている露店で、今回手に入った魔石や素材、アイテムの一部を換金しておこう。それから昼食だ」

そうか、手に入ったアイテムのほとんどはいらない。露店で売った方が得だよね。

「はい。昼食後は冒険者ギルドに行って、Dランクに昇格したことを伝えないといけませんよね？」

「そうだったね。学園に行く前に、冒険者ギルドに報告しておかないと」

「だったら、ギルドから近いニャンコ亭で昼食をとりましょう」

「ニャンコ亭⁉　行こう‼　今すぐ、行こう‼」

アッシュさん、目が輝いているよ。昨日食べた料理が、よほど気に入ったんだね。

とりあえず、先に行うのはアイテムの売却だ。

すぐ横にあった露店で、今回のダンジョンで手に入ったもののほとんどを売ったけど、二人合わせて銀貨四枚と、あまりいい稼ぎにはならなかった。ただ、Eランクでこの稼ぎは多い方らしい。

ダンジョンで手に入れた罠『落とし穴』だけは売らなかった。『構造解析』で『落とし穴』を確認すると、名称が魔導具『落とし穴トラップ』となっていたからだ。

この魔導具の性能は、ダンジョン産だけあって、かなり優秀である。しかし、消費MPが非常に高いため、使用者は限定されるだろう。

隠れ家に帰ったら、アトカさんとイミアさんに、これを合計七セットと鉄の槍三十二本を渡しておこう。

ニャンコ亭が見えてくると、お昼どきとあってか、行列ができているのがわかる。入口近くには、メニューが書かれた看板が設置されており、私の教えた料理も書かれていたけど、それ以外にステーキ定食というのが追加されていた。値段はどれもかなり控えめだ。だから、行列ができるほどの人気店となったのだろう。

「アッシュさん、平民の場合、学園への入学は困難ですか？」

「王都には二つの学園がある。どちらも競争率が激しい。入学するには、筆記と実技試験で好成績を出さないといけない。試験自体は平等なんだけど、それまで育ってきた環境の差から、幼い頃から家で教育を受けられる貴族の方が圧倒的に有利なんだよ。毎年の合格者のうち、平民は全体の三割くらいかな。でも、シャーロットの場合、学園に行く必要はないよ」

「え、なんで⁉」

ここの学園には行かないけど、エルディア王国の王都にある学園には行きたいよ。

「僕たち平民にとって、学園の卒業証明書が重要なんだ。学園に通ってる通ってないだけで、就職先が大きく変化するんだ。しかも優秀な成績だったら、魔法使いギルドや騎士団からスカウトされることさえあるのさ。シャーロットの場合、現時点で学園生より強いし、知識も豊富にある。その場で実技を見せれば即採用されるよ」

ああ、そういうことね。さっきのダンジョンで色々見せたもんね。知識に関しても、三歳のときから精霊様に色々と教わっていたし。

「この学園に入学することはないかもしれませんが、見学には行きたいです」

「それじゃあ、今日案内するよ。学校も休みだし、特に問題ないと思う」

やったね‼　アッシュさんと話しているうちに、お店の近くまで来ていたようだ。

「うわあ、凄いな。八人も並んでいる。あれ？　でも、女性や子供が多いな」

「冒険者には、ピラフやカレーライスだと、少し物足りないと思います」

彼らの胃を満足させるのは、ステーキ定食くらいかな？　多分、カレーに使用する屑肉の調理方法を見て、ステーキに応用したのだろう。

「カレーライスか。昨日少し食べたけど、あれは美味しかった。でも、あんな安価で元がとれるのかな？」

「そこは大丈夫です。屑肉を使用しているはずですから、材料費が安くつくんです」

「それが不思議なんだよ。あの筋の多い硬い肉が、なんであんな柔らかくなるんだろうか？」

「どんな食材でも、工夫すれば美味しくなるのです」

待っている間、小声で『祝福の指輪』について説明しておいた。アッシュさんもステータスを見てわかっていたからか声には出さなかったけど、それでもかなり動揺していた。そして、その指輪の価値もわかっていたので、誰にも話さないことを私に誓ってくれた。

二十分ほど待ち、私たちは店内に入った。店長とマヤさんには、軽く挨拶だけしておいた。そして、私はパエリアと野菜サラダ、アッシュさんはパエリアと屑肉ステーキを注文した。数日前に教えたばかりなのに、あのときより味が洗練されていたよ。アッシュさんもニコニコ顔で、パエリアと屑肉ステーキを頬張っていた。

私がこの店に料理レシピを提供したことをアッシュさんに伝えると、彼が盛大に驚いたのが印象的だった。

「『構造解析』でわかったのですが、アッシュさんって、孤児院出身なんですよね？」

「え、そうだよ」

「それなら、料理のレシピをお教えしましょうか？」

材料費が安価だから、孤児院でも作れるはずだ。院にいる大人たちが作ってあげれば、子供たちも喜ぶよね。

「本当、教えてくれるの⁉　みんな、喜ぶよ‼」

私はレシピをメモして、アッシュさんに渡してあげた。特にカレーライスは、大人数でも楽に作れるし、子供たちも喜んでくれるだろう。

さて、お腹も膨(ふく)れたことだし、冒険者ギルドに行った後、いよいよ学園を見学だ‼

10話　ロキナム学園

私たちは昼食を食べ終え、冒険者ギルドに行った。ロッツさんが受付にいたので、私とアッシュさんは、Dランクになったことを伝え、その証明として冒険者カードを見せた。するとロッツさんがプルプルと小刻みに震えていた。

「ほ、本当にDランクだ。アッシュの年齢でDランクになるのは一般的なんだが、まさか七歳の子供が……」

他の職員たちも集まってきて、私のカードを確認している。まあ、七歳の子供があのダンジョンを踏破したのだから、目立って当然か。でも、こういう目立ち方なら、私自身が少し注目を浴(あ)びるだけだし、問題ないかな。

「いいか、シャーロット。Dランクになったとはいえ、絶対に無茶をするな。仲間であるアッシュの言うことを必ず聞いておくんだ。お前には素質がある。磨(みが)けばSランクにもなれるかもしれない。だが現時点では、まだまだ未熟な子供だ。Dランクの依頼を少しずつこなしていき、経験を積み重ねていけ」

まずい……これでCランクになったら、今以上に目立つよね？

「はい。実戦経験を積み重ねていき、焦らず少しずつ強くなっていきます」

その後、他の職員や冒険者からも、Dランク冒険者の心得や依頼内容について色々と教わった。全員が真剣だったので、ますますランクアップダンジョンのことを言い出せなくなってしまった……

私たちは教えてくれた人々全員にお礼を言い、冒険者ギルドを出て、学園に向かった。

しばらく歩いていき、人通りが少なくなったところで、私は自分の今後の予定をアッシュさんに話してみた。この判断が正しいのか、アッシュさんの意見を聞きたい。

「アッシュさん……近日中にCランクのランクアップダンジョンに挑む予定だったのですが、アドバイスしてくれた方々に悪いので、Dランクのダンジョンでレベルを上げておきます」

「それでいいと思うよ。七歳の女の子がCランクに挑むなんて、聞いたことがない。年齢制限がなく全て自己責任になるとはいえ、警備の人たちも、七歳の女の子をCランク用のランクアップダンジョンに入れるとは思えない」

そうだよね。Dランクでも止められたもんね。レベル21まで上げられるかな？　まあ、焦(あせ)っても仕方ないし、地道に進めていこう。そういえば冒険者ギルドを出て三十分は歩いているけど、学園はまだかな？

「アッシュさん、学園にはまだ到着しないのですか？」

「もう到着してる。今、正門に向かっているところだよ。シャーロットの左手にある高い壁の向こうが、学園の敷地なんだよ。中には学園生がいるんだけど、外から丸見えだったら、みんな集中できないだろ？　だから、こうやって物理的な高い壁と目に見えない魔法障壁(しょうへき)が張られているのさ」

さっきから高い壁が続いていると思ったら、学園の壁だったのか。学園生にもプライバシーがあるし、訓練しているところを外の人たちに見られたくないよね。

「ここが、ロキナム学園の正門さ」

正門から学園内を見ると……広い……広いよ。多分、お兄様が通うエルディア王国の学園とほぼ同じ広さだと思う。真正面(ましょうめん)に見える大きく立派な西洋風の校舎、その手前には噴(ふん)水(すい)とかあるし、周囲には学生たちがいて、静かに本を読んでいる者、談笑(だんしょう)している者、休日だと聞いていたけど、結構数が多い。

「は〜広い、大きい。アッシュさんは、ここで学んでいるのですね」

「シャーロット、学生の多くが貴族だから、対応には気をつけてね。貴族の中には、意地の悪い連中もいる。僕も落ちこぼれだから、言葉で虐(いじ)められているんだ」

そういう貴族いるよね。物理的な虐めはしなくても、言葉で相手の心を引き裂いてくる連中だ。

「身分が高く、少し強いからって、弱い相手に吠えてくる連中ですね。模擬戦でもしてくれたら、遠慮しないで済むんですけど」

「絶対やめてね。シャーロットの場合、その貴族の家さえも破壊しかねないから」

そこまでしないんですけど⁉

「それじゃあ、行こうか。まずは、入口にいる警備員から許可証、見学者カード、カード入れを貰おう。カード入れには紐が付いているから、許可証と見学者カードを入れて、首にかければいいよ」

「わかりました」

学園か。私も、十歳までにエルディア王国に戻ることができたら通えるようになる。ジストニス王国の学園を見て、今後の参考にさせてもらおう。ただ、アッシュさんの呪いが解けたことで、グレンとクロエになんらかの異常が起こっているはずだ。ここでも、一波乱起こるような気がする。

アッシュさんが警備員さんと話し、私は問題なく学園に入ることができた。周囲を見渡すと、さっきまで静かだった学生たちがなにやら話していると思ったら、全員がどこかに行ってしまった。

「アッシュさん、学生たちが走っていった方向から、大勢の人や魔力の気配を感じるのですが？」

「その方向には訓練場があるよ。多分、強い連中が模擬戦でもしているんじゃないかな？　学園は休みでも、そういった施設は使えるんだ。後で連れていってあげるよ。先に、僕の担任であるアルバート先生に報告しよう。警備の人に聞いたら、先生は職員室にいるってさ」

訓練場には行きたいけど、報告が先だよね。校舎に入り、しばらく歩くと『職員室』という立て札が見えてきた。

「「失礼します」」

職員室に入ると、一人の魔鬼族の男性が椅子に座り、書類を作成していた。

「うん……おお、アッシュじゃないか‼　その顔だと、Dランクになれたようだな」

この人がアルバート先生か。見た目は二十代後半、肩付近まで伸びている茶色の髪、インテリ風の眼鏡をかけていて、凛々しい顔付きをしている。見た感じ、前世の私と似た雰囲気を感じる。研究者なのかな？

「はい。十回連続の依頼達成には失敗しましたが、一か八かランクアップダンジョンに挑戦しました」

「ランクアップダンジョン⁉　一人で挑戦したのか⁉」

アルバート先生がその言葉を聞いた瞬間、驚きのあまり立ち上がった。

「いえ、一人では死んでいたと思います。地下一階で、こちらのシャーロットと知り合い、二人で協力してダンジョンを踏破しました。冒険者カードで確認してください」

私も自己紹介しておこう。

「はじめまして、シャーロット・エルバランと言います。一応、私の冒険者カードも確認してください」

私とアッシュさんは、冒険者カードをアルバート先生に見せた。

「アッシュのクラスの担任を務めるアルバート・ウィンスです。二人とも、確かにDランクとなっている。まさか、ランクアップダンジョンに挑戦していたとは……無事でよかった。アッシュ、課題クリアおめでとう。これで、中等部に進学できるぞ」

「やった‼」

この報告で、アッシュさんは『退学するかも』という重圧から解放されたね。

「だが、Dランクになるにあたっての規定を忘れたのか？　ランクアップダンジョンに挑戦する際は、必ず事前に担任、もしくは副担任に報告するよう教えたはずだが？」

そんな規定あったの⁉　アッシュさんも思い出したのか、顔が真っ青だ。

「……結果論ではあるが、大きな怪我もなく戻ってきたんだ。私がなんとかしておこう」

「本当ですか⁉　ありがとうございます‼」

担任がアルバート先生でなければ、危なかったかもしれない。アッシュさん、助かったね。

「ところでシャーロット、君は何歳なのかな？」

「七歳です」

年齢を言った途端、アルバート先生が目を見開いた。

「七歳でDランク……逸材だな。失礼を承知で質問するが、ご両親は？」

直球できたね。アッシュさんにも事情を説明していないから、辻褄が合うよう説明しよう。

「私は孤児です。生きるためには、冒険者になるしかありませんでした。Eランクになって依頼をこなしつつ訓練を続けていたので、今回DランクのランクアップダンジョンZに挑戦しました。アッシュさんとは、たまたま地下一階で出会いました」

最後以外、まったくの嘘です。

「そうか、アッシュと同じ孤児か。何か困ったことが起きたとき、アッシュか私を頼るといい。見学者カードもあるようだし、今日は学園をゆっくりと見学していきなさい」

「はい。そうさせていただきます」

あとは、アッシュさんの呪いの件を報告しないといけない。アッシュさんを見ると、私が何を言いたいのかわかったのだろう。静かに頷いてくれた。

「先生、実はもう一つ報告すべきことがあります」

「もう一つ？」

「はい。ここからは、極秘でお願いします。ダンジョンに入る直前、ある冒険者と知り合いました。冒険者からのお願いもあり、名前は伏せさせてもらいます。その方は、僕が悩んでいることにいち早く気づいてくれて、相談に乗ってくれたんです」

その冒険者とは私だけど、騒がれるから別人ということにしてもらっている。

「君のステータスの一部が固定されている原因について、何かわかったのかな？」

「色々と調査してもらった結果、かなり強力な呪いが、僕にかけられていました」

「呪い⁉　私も君を調査したが、原因を掴めなかった。君から呪いの魔力すら感じ取れなかった。呪い……か。効果は？」

アルバート先生も調査してくれたのか。呪いと聞いた瞬間、真剣な顔付きに変わった。

「その人は、オーパーツなどの古い魔導具を調査する専門家らしく、呪いの発動者、原因、解呪……僕には信じられないことを次々と話してくれて、全てを解決してくれました」

おお、なんか説得力のある言い方だ。専門家というのも、ある意味当たっている。

「まず、僕に呪いをかけたのは……グレンとクロエです」

「あの二人が⁉」

「間違いありません。十歳のときに二人がくれた指輪が、オーパーツ並みの力を誇る『呪いの遺物』だったんです。『呪いの遺物』の場合、正体がつかめないと安いアクセサリーと判断されやすく、骨董店などで安く販売されることがあるそうです。あの人は、その指輪の効力を解呪してくれました。そして……呪いの原動力となるのは、対象者への憎悪。つまり、僕は二人に相当憎まれていたようです」

話を聞き、アルバート先生は押し黙ってしまった。両腕を組み、何やら考え込んでいる。

「……私から見ても、君たち三人は仲が良いように見えたが……まさか呪いをかけるほど、アッシュが憎悪されていたとは」

グレンとクロエを構造解析すれば、原因も解明されるだろう。今日、学園にいるかな？

「どうして憎んでいるのかは、僕にもわかりません。ただ……僕のこれまでの努力は、全てあの二人に吸収されていたんです」

「ステータスの固定は、それが原因か……そうなると……」

「はい。解呪された直後、僕は大幅に強くなりました。その分、二人のステータスが大幅に減少しているはず」

まあ、自業自得だよね。どれだけ弱体化しているかな？

「……二人は訓練場にいる。今頃、模擬戦をしている頃か」

アッシュさん、今装備している祝福の指輪については、約束通り言わないでいてくれたね。この指輪、価値にして、およそ白金貨百枚（約一千万円相当）となる。知られたら、アッシュさんの身が危ない。

「先生、僕は訓練場に行ってきます。グレンとクロエに話を聞かないと」

「アッシュ、君の部屋で話をしなさい。他の者たちに知られたら、あっという間に広まるだろう」

「はい。それでは失礼します」

私も頭を下げ、アッシュさんとともに訓練場へ向かった。

〇〇〇

訓練場に到着すると、大勢の学園生がいた。ここから見た限り、訓練場は三つのエリアに分かれていて、どのエリアも屋外だ。

「規模が大きい。ここが……訓練場」

「徒手格闘、武器、魔法の三つのエリアに区分されていて、多くの生徒が訓練をしているんだ」

ここから一番近いエリアは魔法かな。一人の女性が氷魔法のアイスボールで、十メートル先の的を狙っている。

「あれ？　今、空に何か打ち上げられましたけど？」

「あれは、魔法の標的さ。多種多様な的があるよ」

へえ〜こうやって観察すると、地面に固定されているもの、地面を縦横無尽に動き回るもの、空中に向かって放たれるもの、色んな的があるんだね。

「アッシュさん、一番遠いエリアに人が集まってますよ？」

「武器の模擬戦をする場所だ。グレンとクロエもそこにいるはずだ」

なんか、どんどん野次馬が集まり出してる。

「おい、模擬戦見たか？」

「いや見てない。何があったんだ？」

「一組のグレンと二組のシュルツが戦って、グレンがボロ負けしたんだよ」

「マジかよ‼　あのグレンがか？　どんな戦いだった？」

「それがさ、グレンの調子が悪かったんだろうな。動きが遅いんだよ。シュルツも弄ばれてると思って本気で斬りにいったら、グレンを呆気なく斬れたんだ。木刀で助かったな」

野次馬さんたち、説明ありがとうございます。

「グレンさんが負けたみたいですね」

「自分のステータスが弱体化していることに気づいてなかったのか」

武器の模擬戦場に行くと、一人の男の子が気絶していて、隣で女の子がヒールを唱えていた。この二人が、グレンとクロエだろう。

　アッシュさんは温和で、やや頼りない地味な顔立ちをしている。それに対して、グレンは鋭い目付き、頼り甲斐のあるがっしりした体格、顔もイケメンの部類に入る。隣にいるクロエは、髪がショートでとても可愛い顔立ちをしているけど、裏表が激しそうに見える。

「クロエ、グレンは大丈夫なのか？」

「え、アッシュ‼　お前、なんでここに？」

「時間がかかったけど、今日の朝、Dランクになれたよ。グレンは？」

「ヒールを唱えたから、もう大丈夫だ」

「野次馬の連中が言ってたけど、調子が悪かったのか？」

「いや、体調も良好だし、怪我もない。ただ、どうしてか動きが鈍かった」

　アッシュの質問にクロエが答えていく。ステータスを見れば原因が一発でわかるのに。

　あれ？　グレンの対戦相手かな？　背格好から見て、アッシュさんと同じくらいの年齢だろう。あ、こっちに来た。

「なあアッシュ、Dランクになれたって本当か？」

「シュルツか。本当だよ、ほら冒険者カード」

　シュルツさんか。グレンとは違って、爽やかなイケメンさんだ。

「本当だ。Dランクになってる。依頼に失敗したと聞いたけど……まさか、ランクアップダンジョンに行ったのか⁉　一人であのダンジョンは突破できないだろ？」

「確かに、一人では無理だった。ダンジョンに入る直前、ある冒険者に助けられてね。俺の悩みを打ち明けたら、その人が全てを解決してくれたんだよ」

「悩みって、ステータスの低さか？」

「ああ。ただ、ステータスの低さだけじゃない。魔法のイメージが貧弱すぎて、本来の力を引き出せていないとも言われたよ。その人に訓練を受けた後、ダンジョンの地下一階で知り合った僕の横にいるシャーロットと二人で、地下五階まで行き、ボスを討伐したんだ」

あらあら、クロエの顔色がどんどん悪くなっている。ステータスを見て気づいたかな？

「ステータスの低さって、何が原因だったんだ？」

「呪いだよ。誰かが、僕に強力な呪いをかけていたんだ。その冒険者に解呪してもらったら、大幅に数値が上がった。あの人には、本当に感謝してる」

ああ、クロエの顔色が真っ青だ。これは完全に気づいたね。グレンはまだ気絶したままか。これから、どういった展開になるのだろうか？

11話　シャーロット、貴族と模擬戦をする

アッシュさんがダンジョンでの経緯(けいい)を一通り説明すると、シュルツさんは納得してくれた。それにしても、クロエの顔色が悪いね～。アッシュさんに教えてあげよう。

「アッシュさん、クロエさんの様子がおかしいです」

「え？　クロエ、どうかしたのか？　顔が真っ青だぞ」

アッシュさんも名演技だ。クロエに聞こえるように呪いの件を話したからね。

「あ……いや……大丈夫。少し気分が悪くなっただけ。ところで、アッシュに呪いをかけた相手はわからないままなの？」

そこは気になるよね。アッシュさんはどう答えるかな？

「誰が僕に呪いをかけたのか、解呪されたことでハッキリとわかった。アルバート先生には、もう全てを伝えてあるから大丈夫だ。あ、そうだ。あとで、グレンと二人で僕の部屋に来てくれ。ちょっと相談したいことがあるんだ」

クロエも、何を言われるのか察したようだ。さっきから、身体が震えている。

「……わかった」

気絶したグレンを肩に担ぎ、そのまま校舎側に設置されているベンチに行った。せっかくだから、ここで二人を構造解析しておこう。

……なるほどね、そういうことか。呪いに至った根本的な原因は、才能あるアッシュさんへの嫉妬だったのね。三人の両親は、彼らの目の前でネーベリックに殺されてしまった。住む場所も失い、孤児院へ行くことになった彼らは、何もできなかった弱い自分から脱却するため、強さを求めた。

当初、三人の思いは共通であったことから、冒険者ギルドで走り込みや筋力トレーニングなどの基礎訓練の方法を学び、一緒に実践していった。九歳になった頃には、知り合いの冒険者から、体術や剣術も教えてもらう。魔法は封印されていたため、冒険者の魔導具を借りて練習していた。

――問題が起きたのは、ここからだ‼

三人の中でも、アッシュさんだけが抜きん出てきたのだ。体術も剣術も魔法も、二人よりも早く覚えていき、少しずつ差を広げていった。アッシュさんは、二人が抱えている感情に気づくことなく、普通に話しかけてくるので、二人は余計に嫉妬心を増幅させた。そして十歳になって学園に入ると、アッシュさんはクラスの中で目立つ存在となった。そんなとき、あの呪いの指輪と遭遇したのだ。

二人は呪いの指輪を本物だと確信し、アッシュさんに渡した。そして、アッシュさんは呪われた。

　アッシュさんがどれだけ努力し続けても、加算されるステータスは、全てグレンとクロエのものになった。それで味を占めたのだろう。現在に至るまで、アッシュさんの努力は、全て二人に吸収されていた。

　でも、それが今日になって解放された。グレンは気絶しているためわからないけど、クロエはアッシュさんを恐れている。グレンが目覚めてから、どうなるかだね。

「クロエ……グレン……」

　アッシュさんも、これまでのことを思い出したのか、複雑な顔をしている。

「アッシュ、今から模擬戦をしないか？　グレンのやつがふざけていたのか、すぐに終わって消化不良なんだ。解呪されたんだから、君がどれだけ強くなったのかを見たい」

　シュルツさん、アッシュさんを呪った相手が、あの二人だと知らないから、平然と入り込んできたよ。

「シュルツ、今帰ったばかりなんだから勘弁してくれ。明日以降なら、いつでもいいよ」

「言ったな。明日、模擬戦決定だな」

「ああ」

　シュルツさんもわかっていたのか、簡単に引き下がってくれた。構造解析してみたけど、この人はアッシュさんに対して、『ライバル心』と『尊敬の念』を抱いていた。ステータスが低くても、ひたすら努力をし続けてきた彼を見ていたからだろう。

「――あの落ちこぼれアッシュがいるのか?」

やっと騒ぎが収まってきたかと思った矢先、野次馬の後方から嫌味ったらしい声が聞こえてきた。アッシュさんが顔をしかめる。

「最悪だな。早く休みたいところだけど、こんなときにあいつと出会うのか」

「アッシュ、絶対絡まれるぞ」

「だろうな」

アッシュさんもシュルツさんも、よほど会いたくないのだろう。露骨に嫌な顔をしている。

「僕のクラスメイトの一人さ。しかも子爵令息で、僕に対していつも嫌味を言ってくる。この学園では、貴族も平民もみんな平等に扱うこととなっているから、僕もシュルツも、言葉遣いだけは、ある程度砕けた口調にしている。でも彼は別だ。おまけに、弱いやつに対して、いつも厳しく接してくる。僕だけじゃなく、他の子たちにも欠点を数多く指摘して、心を折ってくるんだよ。いつも『これは、ただの指導だ。欠点を指摘しているだけだ。悔しかったら克服してみせろ』と言ってる」

それって良い人? 悪い人? 見方によっては、あえて相手を怒らせてやる気を出させているようにも思える。

「アッシュさんに、模擬戦を仕掛けてくるかもしれませんね。私に仕掛けてきたら、遠慮なくボコボコにします」

私の言い方に、シュルツさんが目を見開いた。

「君は見学者だね。いくら彼でも、君のような可憐な少女に模擬戦は申し込まないよ」

なんか、身体全体が一瞬寒気を感じたんですけど‼

「あはは、シュルツの言う通りさ。彼も、七歳のシャーロットに模擬戦を申し込まないよ」

だといいけどね。野次馬から現れたのは、ガキ大将のような風貌で、体格のいい男の子だった。

「おい、アッシュ‼　そこのガキと一緒に冒険してDランクになったのは本当か？」

「本当ですよ。疑っているんですか？」

お、本当にアッシュさんも遠慮しているようだ。口調が違うよ。

「いや、お前には剣術と体術がある。問題はそこのガキだ。今、俺たちは魔導具を装備しない限り、魔法を使えない。見たところ、ガキは魔導具を装備していない。たまにいるんだよ。冒険者たちにくっついて、不正をする子供がな」

子爵令息が、アッシュさんではなく私に絡んできた。

「おい、シャーロットが不正したとでも言いたいのか‼　きちんと正規の方法でボスを討伐している‼」

　ちょっとアッシュさん‼　口調が砕けすぎですよ‼　いくら学園内でも、限度があるはずだ。このままだと、アッシュさんが不敬罪に問われるかもしれない。

　彼は私に矛先を向けて、模擬戦で弱いと証明させた後、アッシュさんも不正したと言うつもりかな？　やっぱり悪い人？　どう行動しようか？　アッシュさんは冷静さを欠いているから、このままだとまずいよね。それなら――

「それなら、私と模擬戦をしませんか？　私が強ければ問題ないですよね？」

「なっ、シャーロット‼」

　子爵令息は、自分の思惑通りに事が運んだからか、彼の顔がにやけている。正直言って、気持ち悪い。殴っていいですか？

「お前が、この俺と模擬戦？　本気で言っているのか？　言っておくが、俺はグレンやシュルツと同じくらい強いぞ」

「この後、アッシュさんにも難癖つけるんでしょ？　私が強いことを証明すれば問題ありません。ただ、あなたが模擬戦で負けても、私たちに何もしないでくださいね」

「こいつ⁉　……いいだろう。今からやるぞ‼　武器魔法ありだ。子供とはいえ、容赦しない」

　軽く挑発しただけで、すぐ感情を乱したよ。目立ちたくないし、ほどほどに戦っておこう。『ダークコーティング』もオフにしておこう。

〇〇〇

模擬戦の舞台となる場所は屋外だけど、魔法が使用されることもあってか、直径二十メートルほどの魔法障壁が張られている。模擬戦開始と同時に、障壁が展開されるようだ。そして、多くの学園生たちが集まっている。七歳の見学者である私が、貴族相手に模擬戦を申し込んだからだ。

アッシュさんに彼の実力を聞いたら、彼は幼少の頃から訓練を受けていたらしく、剣術や魔法の腕前も相当なものらしい。

アッシュさんに、みんなに聞こえないように小声で一言……「絶対に、相手を殺してはいけない」と忠告された。彼は私の身をまったく心配していないようだ。ちょっと、ショックだよ。

模擬戦のルールは簡単だ。武器、もしくは魔法で相手に打撃を与え、「参った」と言わせるか、気を失わせるかで勝利となる。武器自体は色々あるけど、全て刃はついていないため、打撃による攻撃と同じだ。

私と子爵令息は、舞台中央に立った。

「よし、はじめるぞ‼」

さて、どうやって戦おうかな？　あまり目立ちたくないから、『内部破壊』は使わず、魔法主体で戦おう。そうなると、相手の魔法待ちかな。

「おい、来ないのか？」

「そちらからどうぞ」

「そうさせてもらおう。風よ、女を斬り裂け――ウィンドカッター」

へえ、これが風の初級魔法ウィンドカッターか。精霊様から教わったものと比べると、格段に弱い。

「弱い、弱すぎです。こんな脆弱な刃ならば、簡単に潰せます」

言葉通り、私は風の属性を付与させた左手でウィンドカッターを掴み、それを握り潰した。素手でも掴めるけど、のちのち面倒なことになるので、属性付与しておいた。

「え？　俺の風を素手で握り潰したのか？」

「素手ではありません。身体に風の属性を付与させたのです。同じ風属性なので、怪我もせず掴めました。あと握り潰せたのは、私の魔力があなたの魔法の威力を上回っていたからです」

「身体に属性付与⁉　……氷よ、女を叩き潰せ――アイスボール」

彼の顔付きが変わった。どうやら本気になったようだ。ただ、彼の右手から放たれたアイスボールは回転がほとんどなく、目で追えるくらいに遅い。受け止めて返してあげよう。もちろん手加減しますとも。

「遅い、遅すぎです。そんなボールが、魔物に通用すると思っているのですか⁉　本物のアイスボールを見せてあげましょう。このボールを貰いますね」

私は、放たれたアイスボールを普通に受け止め、そこに回転を猛烈に加えた。彼の魔力で作られたものだから、当然魔法攻撃力もある。

「軽く受け止めた‼　しかも、俺のボールが……回転速度が……おい……それをどうするつもりだ？」

「あなたの魔法でしょ？　だから、お返ししまーーーす」

私はピッチャーのような構えをとり、ある程度加減してボールを投げた。あ、それでも、新幹線の最高速度くらいの球速かな。

「へ？」

私の投げたボールは、彼の頬を掠め、魔法障壁にぶち当たった。その瞬間、ドーーーーーンという衝撃音が響きわたった。さすが魔法障壁、まったく壊れていない。

「なんだよ……今の。俺の魔法なのに……」

「身体に水の属性を付与して受け止めました。そして、私があなたのイメージをより強力に上書きして放ったのです。どうですか？　ただ投げるのではなく、回転を強くイメージすることで、威力と射出速度が格段に上がったでしょ？」

さっきから、周囲が静かだ。そんな目立つことはしていないと思うのだけど？

「お前……それなら……炎よ、女を覆い尽くせ――ファイヤーボール」

……この魔法……わざと威力を抑えている。私が女であるということ以外に、私を試している？　せっかくだから、魔法の使い方を教えてあげようか。

「炎だから触れないと思ってますね。その考えは甘いです」

私は身体全体に火の属性を付与し、片手でファイヤーボールを受け止めた。

「身体に属性付与……同じ属性だから……炎に触れても問題ないのか？」

この炎、威力を抑えているのはいいけど、やはりイメージが弱い。

「一つ、いいことを教えてあげましょう。先程も言いましたが、受け止めた魔法は放った相手のイメージを上回れば、支配できるし、より強化もできるのです」

私は、不安定なファイヤーボールを圧縮し、回転を加えて返した。当初のファイヤーボールは直径三十センチほどの大きさだったけど、圧縮されたものは直径十五センチくらいになっている。先程のアイスボールと同じ球速で返したファイヤーボールは、彼のすぐ横を通り過ぎて魔法障壁にぶつかり、激しい衝突音を響かせた。

「身体に属性付与を行い……俺の魔法を受け止めた。それだけじゃなく……さらに強化させて……俺に返した」

どうしたのだろう？　彼の戦意が完全になくなり、身体が小刻みに震えている。魔法を受け止めて返しただけだ。私自身の力は、一切使っていない。

「……参った……絶対に勝てない。……俺の負けだ。……アッシュや君にいい気にならないよう忠告したかっただけなんだが……まさか……年下の女の子が、俺よりも遥かに魔法の使い方を熟知しているなんて。……情けねえ……たった数分の戦いだったけど……自分の未熟さを思い知った。……アルバート先生の言う通りだった。上には上がいる。俺は……狭い視野で物事を見て、いい気になっていたのか……」

あれ、私、勝ったの？　対戦相手が潔く負けを認めたよ。プライドのせいか、私を見ず、ずっと両拳をきつく握りしめて俯きながらだけど、自分の弱さを周りに聞こえるように呟いていた。アッシュさんから聞いた人物像とかなり違う。この人は『Dランクになったからといって、いい気になるなよ』と忠告したかっただけか。ということは、弱い人に対して厳しく接するタイプなのかな。

模擬戦終了後、彼はすぐに私とアッシュさんに非礼を詫びてきた。アッシュさんも、この潔さには驚いていた。そして、これまでアッシュさんにやってきた数々の嫌がらせに対しても謝罪してきた。

やはり、彼のこれまでの行為は、暴言でわざと相手を怒らせて、やる気を出させるためだったようだ。その後、他の人たちへの行為も同じだったことが判明する。彼は周囲の人たちと話し合ったことで、自分の行いが過剰であったことを認めた。

結局、彼は私との模擬戦で、これまでの悪い印象が払拭されたこともあり、私は色々な意味で、みんなからお礼を言われた。

12話　アッシュ、事件を起こす

現在、私は屋外にある訓練場にて、大勢の生徒に囲まれている。原因は、さっきの模擬戦にある。彼らにとって、相手の魔法の受け止め方や撥ね返し方が、まったく未知のものだったのだ。全員が、ダンジョンでのアッシュさんや冒険者たちと同じ反応だった。

騒ぎを聞き駆けつけたアルバート先生も、私の技術に興味を持ったことで、訓練場で属性付与や魔法の講義を行うこととなった。

まず、見学者全員に教えたのは、身体への属性付与だ。やり方は、武器に行うときと似たようなものだから、全員が十分ほどで習得した。

次に、スキル『魔法反射』を習得するための訓練方法を教える。重要なのは、魔法のイメージだ。そこで、はじめに〝魔法の強化方法〟を説明し、頭を柔らかくしてから、〝魔法の形状変化〟について話した。これができるようになれば、イメージ力が大幅に強化されるので、『魔法反射』を習得しやすくなる。

　このスキルを習得する上で重要なのは、放たれた魔法を恐れずに受け止めること。ダンジョンにいた冒険者たちは実戦で鍛えられていたから、短時間で習得できたのだ。そこで、最初にアルバート先生に『魔法反射』を習得してもらった。見学者は、そのやりとりを見てから、練習を重ねていった。

　一時間ほどで、コツがわかってきたのだろう。『魔法反射』の習得者こそいないものの、見学者全員が、魔法の強化や形状変化をある程度できるようになった。この調子なら、二日三日程度で、スキルを習得するだろう。全員が集中しているから、今のうちにアルバート先生に言っておこう。

「アルバート先生、今いいでしょうか？」

「大丈夫だよ。何かな？」

　みんなから少し距離を置いた後、私は身体への属性付与における局所集約の方法について話した。そして全てを伝えると、アルバート先生の額(ひたい)から一筋の汗が流れ落ちた。

「局所に集約できることは薄々わかっていましたが……そこまで負担が大きいとは。シャーロット、君はなぜここまでのことを知り得たのか、理由を教えてくれないだろうか？」

　う～ん、本当のことは言えないから、それらしい理由を作っておこう。

「私はとある事情により、魔物が棲む厳しい環境下へ、たった一人で放り出されました。生き抜いていくには、魔法やスキルについて、自力で調べていくしかなかったのです」

ある意味、本当のことだ。アルバート先生は、右手で私の頭を優しく撫でてくれた。

「すまない。辛いことを言わせてしまったね。君はたった一人で生き抜いてきたのか。言葉使いが大人びているはずだ。先程言われたことについては、明日にでも生徒たちに話しておこう」

『身体強化』だけでも、力を局所に集約させることはできる。なので、属性付与でも可能だと気づいて試す者もいるはずだ。だから、今のうちにアルバート先生にだけ教えたのだ。

「シャーロット、今からでも、この学園に入学しないか？　君ほどの逸材ならば、学園長も認め、特例として入学金や授業料を免除してくれるだろう」

先生からスカウトされてしまった。普通の子供なら喜んで入学したかもね。

「申し訳ありません。お断りさせていただきます。私には、どうしても達成したい目標があるのです」

「何か込み入った事情があるようだね。……私たちに新たな技術を教えてくれたこと、深く感謝するよ」

アルバート先生、私も感謝しているんです。こうやって、歳の近い人と色々と話せたからね。アッシュさんも、三人で話し合えば、和解できるかもしれない。

私は、そろそろ帰ろうかな。アッシュさんに一言お礼を言いたいのだけど、どこにいるのかな？　私の講義中、グレンが目を覚まし、そのままクロエとどこかに行ってしまった。それに気づいたアッシュさんが、後を追いかけたんだ。あれから、かなりの時間が経つんだけど？

「あれは……私の生徒たちですね。アッシュやグレン、クロエもいますが、アッシュの顔色が悪い。何かあったのでしょうか？」

アルバート先生が見ている方向には、こちらに歩いてくる十人の生徒がいた。その中にはアッシュさんがいるけど、本当に顔色が悪い。すぐ近くにいるグレンがニヤニヤしていて気持ち悪いね。彼らは、私たちの目の前に来ると、歩みを止めた。

「みなさん、何かありましたか？」

グレン以外が、気まずそうな表情で、アッシュさんを見ている。そのアッシュさんは意を決したように、表情を引き締め、アルバート先生を見た。

「アルバート先生、申し訳ありません。学園長からお借りしていた魔刀『吹雪』を壊しました!!」

「な!!」

アッシュさんは、長方形の箱を持っていた。それを地面に置き、蓋を開けると、一振りの白い刀があった。しかし、柄と刀身が外れており、刀自体も全体にヒビが入っていて、魔刀という割に魔力がまったく宿っていなかった。素人の私が見ても、修復不可能だとわかる。アルバート先生を見ると……あ、怒っている。

「あれほど、慎重に扱いなさいと言っておいたのですが。……誰が壊した？」

最後あたり、生徒を威圧しているよ。

「……僕です。みんなが、教室で『吹雪』を観察していたので、仲間に入れてもらいました。そこで、軽く素振りをしたら、切っ先が壁に少しだけ当たったんです。それだけで、こうなりました」

アッシュさんが言った。アルバート先生の『威圧』で、クラスのみんなが震えている。周囲の人たちも事態を察知して、会話をやめた。

「それは妙ですね。魔刀『吹雪』は、魔刀の中でもランクが低いとはいえ、切っ先が壁に当たった程度では壊れないはずだ。グレン、何か知っているか？」

「え、あ、いや…」

自分が問われるとは思わなかったのか、グレンはしどろもどろだ。

「俺たちは、大切に扱っていました。アッシュが『吹雪』の魔力伝導率を知りたいと言い、何度か『吹雪』に魔力を入れていたんです。それで壊れたのかも……」

「……グレンの言う通りです。確かに、僕が魔力の出し入れを何度かやりました」

うーん、怪しい。この刀を構造解析してみよう。

ナマクラ刀『吹雪』
アッシュのクラスメイトたちが、魔力の出し入れを遊び半分で三十六回連続で行ったため、柄の中にある水の魔石が損傷し、魔刀としての性質を失ってしまった。その後、彼らが勝手に分解したことで、修復不可能となる。一応、再度組み立てられたが、些細な衝撃で分解してしまう代物となった。アッシュは無関係だが、お人好しなせいで、困っているクラスメイトを見過ごせず、自分が主犯のように振る舞っている

あ、最悪だ。アッシュさんは、全ての責任をなすりつけられたんだ。

「グレンさん、質問いいですか？」

「な、なんだよ？」

「クラスのみんなが、柄から刀身への魔力の出し入れを遊び半分で三十六回連続で行ったせいで、内部にある魔石が壊れてしまった。その後、勝手に分解して修復不可能となったから、アッシュさんに全ての責任をなすりつけたんですか？」

「な!!」

アッシュさんのクラスメイト全員が、一斉に私を見た。私がいきなり真相を暴露したから、誰もが驚いている。アッシュさんだけは、違う意味で驚いているけど。

「シャーロット、勝手な推測で物事を言ってはいけない。真相はどうあれ、アッシュがみんなの前で刀を壊したと言っている以上、彼が責任をとらなければならない」

真実なんだけど、追及しないでおこう。でも、アッシュさんが無実であることを証明するには、クラスメイトたちが自首するしかない。アルバート先生も、私の発言が正しいと薄々わかっているかもしれないけど、誰も何も言わないからには、アッシュさん一人に責任をとらせなければならない。

「アルバート先生、弁償するとなると、いくらかかるのでしょうか？」

「アッシュ、魔刀は最低でも、金貨十枚以上だ。君が支払うには……奴隷になるしかない」

奴隷落ち⁉

「アルバート先生が肩代わりして、アッシュさんが学園に通いながら働いて返すという方法は？」

先生は、首を静かに横に振った。

「シャーロット、私とてできることならそうしてあげたい。しかし、過去に同じ事例があって、担任が肩代わりしたものの、生徒は数日後、学園から逃げてしまった。その件以降、どんなことがあろうとも、生徒自身が全責任をとらなければならないんだ」

うーん、最悪だ。クラスの連中、この話を聞いても、誰一人真実を言う気はないらしい。

全員が、アッシュさんから目を逸らしている。

「アッシュ、一つだけ学園に残れる方法がある」

「本当ですか⁉」

「だが、死ぬ危険性が高い」

「構いません。教えてください」

どんな方法だろうか？　でも、仮に学園に残れたとしても、アッシュさんはクラスのみんなと再び仲良くできるのだろうか？

「魔刀『吹雪』は、ダンジョンの城エリアのどこかに存在する。君はDランクだ。ならば、Cランクのランクアップダンジョンに行けば、『吹雪』を入手できるかもしれない。あそこには、城エリアがあるからね」

なんと、『吹雪』はCランクのランクアップダンジョンにあるの⁉　それなら行くしかないでしょ‼

「行きます‼　危険な行為であることは、百も承知です」

アッシュさん、あくまでも一人で解決するつもりなんだね。

「……わかりました。今から職員室に来なさい。ランクアップダンジョンの情報を、可能な限り与えよう」

「アルバート先生、私もアッシュさんについていきます」

私の一言は、アルバート先生だけでなく、周囲の人たちにも衝撃を与えたようだ。多くの人たちが、私の参加を反対した。でも、私の目標の一つがCランクになること。

今回は最下層に行くのではなく、魔刀『吹雪』の入手だけに専念することを伝えると、渋々ながら納得してくれた。私の魔法の扱い方が、この中の誰よりも優れていることは、先程の模擬戦と講義で証明されている。だからこそ、納得してくれたのだろう。

「……わかりました。シャーロットも職員室に来なさい」

「シャーロット……ありがとう」

私とアッシュさんは、職員室に向かった。ただ、クラスメイトたちのことが気になったので、私は歩みを止めて後ろを振り向き、じっと彼らの目を見た。グレン以外は、私と目を合わせなかった。

今回の事件、グレンが主導となって、クラスメイトたちをけしかけたのだ。クラスメイトたちは、明らかに罪悪感を覚えている。でも、グレンだけが私たちをニヤニヤ見ていた。だから……彼だけを威圧した。グレンは目を見開き、小刻みに震え出す。私は威圧量を徐々に上げていき、彼が気絶するまで心を追い詰めてやった。少し気が晴れたので、私は先に向かっているアッシュさんの下へ走り出した。

13話　仲間を探せ

ここは職員室だ。私とアッシュさんは、アルバート先生からCランクのランクアップダンジョンについて、多くのことを教わった。

まず、罠の質がDランクより凶悪になっており、種類も少し増加しているということ。

特に危険な罠が、転移、フレイムバーナー、ホワイトアウトの三種類。

『転移』は、どこに設置されているのかまったくわからず、フロアを歩いていると、突然別の場所へ転移されるらしい。転移先もランダム設定とのことで、魔物部屋、水中、空中、別の階などがある。

『フレイムバーナー』。この罠は比較的どこにあるのかわかりやすいが、一度でも罠にかかってしまうと、設置箇所周辺にあるもの全てが、灼熱の炎により溶かされてしまう。

『ホワイトアウト』。広範囲系の罠で、設置場所が転移同様不明。フロアを歩いていると、突然暴風雪となり、気温が急激に低下し、周囲の景色が真っ白となり、方向感覚を失ってしまう。恐ろしいのは、この罠にかかってしまうと、その階全体が三十分間、暴風雪圏となってしまうのだ。だから、私たちが気をつけていても、他の冒険者が罠にかかると、私たちも巻き込まれるということだ。

次に、このダンジョンは地下十五階の構成となっており、城、塔、森、洞窟、幻惑という五種類のエリアが存在する。説明を聞いて気になったのは、城と幻惑だ。

城エリアには、二種類の城が存在する。一方は、ゴースト族に支配されており、もう一方は、ゾンビ族に支配されている。特にゾンビのいる城エリアは要注意らしい。戦法が地上にいるゾンビと大きく異なるため、初見の冒険者のほとんどが、大怪我を負う危険地帯となっている。

魔刀『吹雪』は、そのゾンビ族が支配する城エリアのどこかにあるらしい。

そして幻惑エリア。こちらは冒険者の一人の記憶を探り、当人にとってトラウマとなる場所を幻惑として映し出すらしい。しかも厄介なのは、その場所をエリア全体に投影するだけでなく、雰囲気やにおい、人物も再現するそうだ（つまり、他の冒険者もそこに巻き込まれる）。冒険者が戸惑っている間に、魔物は隙を見て攻撃を仕掛けてくる。記憶の中の人物や野生動物たちに変異して襲いかかってくる場合もあるという。

なお、このダンジョンの構成は特殊で、一日経過すると、ボスの階を除く十四の階層がランダムに入れ替わる。また、幻惑エリアの内部については、時間など関係なく、歩いている途中で変化することもあるらしい。

こういった大切な情報を教えてくれた後、アルバート先生は真剣な面持ちで、私たちにある忠告をしてくれた。

「二人だけでダンジョンに挑むのは自殺行為です。ダンジョンに行く前に、必ず仲間を見つけなさい。最低でも一人、できれば三人」

仲間か。確かに、罠だけでなく、多種多様な魔物もいる以上、二人だと危険だ。

「わかりました。冒険者ギルドに行って、Dランクの仲間を探してみます。アルバート先生、情報を提供していただきありがとうございます」

「貴重な情報、ありがとうございます。魔刀『吹雪』、必ず手に入れますね」

アッシュさんに倣い、私もお礼を言うと、アルバート先生は申し訳ないような悲しい顔をした。

「アッシュ、学園長は現在出張中です。三日後には戻ってくるでしょう。君がそれまでに戻ってこない場合、私から事情を説明しておきます」

「できれば三日以内に戻り、僕自身が学園長に謝罪したいです」

アルバート先生が学園長に話した場合、多分先生自身もなんらかの責任を取らされる。学校の備品を壊した生徒が悪いけど、生徒たちに貸し与えたのはアルバート先生だからね。そして、もしアッシュさんがダンジョンで死んだ場合、アルバート先生は自ら辞職届けを学園に提出するかもしれない。それはなんとか避けないとね。

「決して無茶はするな。このランクアップダンジョンでは、午前零時になると、各階層がランダムで入れ替わる仕組みとなっている。運がよければ、地下一階で城エリアに当たるかもしれない。いや、地下一階が城エリアとなるまで待つのが得策だろう。もちろん、時間との戦いにはなるが……」

「はい」

そこは、本当に運だね。でも、正直あてにはできない。

「君が帰ってきたら、両親の形見であるこれらの武器を返そう」

アッシュさんの両親の形見、それはアダマンタイト製の大剣と短剣だ。ダンジョンで話を聞いたけど、アッシュさんの両親は元冒険者だったそうだ。彼を守るため、身を挺してネーベリックと戦い……彼の目の前で食べられた。その武器は、いつか自分が使うため、大切に手入れをし、学園で保管してもらっている。

今回、アッシュさんが学園から逃亡しないよう、人質となってしまった。でも、アルバート先生が大事に保管してくれるなら、壊されることはないだろう。

「アルバート先生……行ってきます」

私たちは、アルバート先生にお別れの挨拶をし、学園から出ていった。次に行くべき場所は、冒険者ギルドだ。――おっと、私は一度貧民街に戻って、現状を報告しておかないといけない。クロイス姫が心配するだろう。

「アッシュさん、私は自分の住処である貧民街に、一度戻ります。現状を仲間たちに報告しておかないと、みんなに心配をかけてしまいます。それに、仲間集めの際、私がいたら邪魔(じゃま)になるでしょう」

「あ……まあ……確かに」

勧誘の際、七歳の女の子が仲間として傍(そば)にいたら、全員断ると思う。

「二時間後の午後四時、ニャンコ亭で待ち合わせでどうですか？」

「そうだね。妥当(だとう)な時間だと思う」

そう約束して、私はアッシュさんと別れた。レベルも11になって、『構造解析』の速度も二倍に向上したけど、それでも王城の解析時間終了まで、あと七十五時間かかる。やはり、レベル21まで上げたい。

〇〇〇

私はアッシュさんと別れた後、市場で食材を調達してから貧民街に戻った。そしてアトカさんの部屋で、クロイス姫、アトカさん、イミアさんに今日起きた出来事を伝えた。ダークエルフの村に滞在(たいざい)していたとき、私は『身体への属性付与』に関する技術をみんなに教えていたため、アトカさんとクロイス姫は、そのことをイミアさん経由で既に知っていた。

でも、魔導具に備わっている魔法を使用してからの形状変化については、三人ともひどく驚いていた。もう私が冒険者や学園の生徒たちに技術を教えているので、今後口コミでどんどん広がっていくだろう。

「Dランクのランクアップダンジョンでは、大きな騒ぎもなかったので安心しました。次のCランクのランクアップダンジョンは、アッシュという学園生とともに挑むのですね？」

「はい。まだ私の事情は話していませんが、私の強さに関しては知っています。彼も、深くは追及してきませんでした」

私がEランクの方で騒ぎを起こしていたから、クロイス姫はかなり心配しているようだ。

「そうですか。話を聞いた限り、そのアッシュという少年は、信頼できそうですね。アトカはどう思いますか？」

アッシュさんも、『シャーロットならネーベリックを討伐可能なのでは？』と疑問に思っているはずだ。

「昨日、小さな地震がランクアップダンジョン近くで起こったこと以外、大きな騒ぎはなかった。シャーロット自身がアッシュを意識し、力を精密に制御できたんだろうな。アッシュも、大きな騒ぎが起きないよう、シャーロットを意識している。互いにバランスもとれている。シャーロットの事情を深く追及してこないことも、好印象だ。今後も一緒に行動しても問題ないだろう」

アトカさんは『信頼』という言葉を使わなかったけど、アッシュさんに対する評価は高い。

「そうね。仲間になるかは別として、シャーロットとともに行動してくれるのなら、私たちとしても安心するわね。シャーロット、次のダンジョンからは、罠（わな）もより凶悪になるわ。自分のことだけでなく、仲間でもあるアッシュにも気を配（くば）りなさい」

イミアさん、複数行動における注意点を教えてくれたのか。

「はい。それでは、今から料理を作ってきます。食材などは購入済です」

料理をしている間、貧民街で知り合った三人の友達がじ～っと私を見ていたので、簡単にできる目玉焼きとヤキタリネギリを五人前作ってあげた。ダンジョンの傍（そば）にあった露店でアイテムを換金したから、食材を多めに買っておいたのだ。みんな喜びの声を上げ、他の子供たちと分けあっていた。

食材などの全ての準備を整え、クロイス姫たちにダンジョンに行くことを伝えてから、私は貧民街を出た。ニャンコ亭に到着する頃には、集合時刻の十分前となっていた。

店に入ると、既にアッシュさんが窓際の席にいた。でも、様子がおかしい。まるで、とあるボクシング漫画の最終話のように、真っ白く燃え尽き、椅子にもたれかかっていたのだ。客も少ないし、従業員のマヤさんに尋（たず）ねてみよう。

「マヤさん、アッシュさんの様子がおかしいのですが？」

昼食を食べに訪れたとき、アッシュさんはマヤさんとすぐに打ち解け、仲良く話していた。

マヤさんは彼を見て、微妙な笑顔となった。

「アッシュから事情を聞いたよ。なんか、学園でポカをやっちゃったらしいね。彼、冒険者ギルドに行って仲間を探そうとしたらしんだけど、その誘い方がね〜馬鹿正直というか、純粋というか……」

マヤさんによると、アッシュさんは呼び込みの際、こちらの事情を全て話したらしい。

もちろん、仲間である私のこともだ。そして、誰にも相手にされなかったようだ。

「なんで正直に話したんですか？　せめて、私のことは言わなければいいのに。後でどうとでも説明できますからね」

「それ、私も思った。シャーロットは、学園の先生が認めるほどの魔法の使い手なんでしょ？　でも、本人がいない状態でそれを話したせいで、全員がアッシュを怪しんだのよ。結果……仲間ゼロ」

最悪だ。私の厚意が裏目に出たよ。アッシュさんを慰めてあげよう。

私が燃え尽きているアッシュさんのところへ行くと――

「シャーロット……ごめん、しくじった」

「仲間となる人のことを思ってのことなんでしょうけど、勧誘が下手すぎです」

「返す言葉もございません」

でも、困ったな。魔物部屋なんかに入って、大群で襲ってこられたら、私もアッシュさんをフォローできなくなる。アッシュさんの動きをカバーしてくれる仲間が欲しい。

「アッシュ、シャーロット、仲間を手に入れる手段なら、もう一つあるわよ」

マヤさんから、まさかの発言⁉

「「本当ですか⁉」」

私もアッシュさんも驚き、マヤさんを見た。冒険者ギルド以外で、仲間を効率的に勧誘できる場所があるのかな？

「あまり言いたくないけど、相当追い詰められているようだし、一応話しておくね。奴隷を購入すればいいわ」

「「奴隷⁉」」

奴隷を購入するの⁉　予想外の案だよ。

「そう。あなたたちの場合、戦闘奴隷になるかな。高ランクだと、金貨五十枚はするけど、あなたたちのレベルに合わせた奴隷なら、金貨五枚くらいで買えるかもしれないわよ。ただし、『奴隷を購入する』という行為がどんな意味を持つのか、よく考えてから行動しなさい」

私もアッシュさんも押し黙った。奴隷の購入、考えたこともなかった。奴隷を購入するということは、奴隷自身の人生を買うことと同義だ。成人した者が購入するのなら、誰も文句を言わないだろう。でも、私たちは七歳と十二歳の子供、しかもアッシュさんは平民だ。そんな私たちが奴隷を購入すれば、私はともかく、アッシュさんが目立つと思う。仮に、魔刀『吹雪』を入手したとしても、購入した奴隷はずっとついてくる。学園でも、確実に目立つ存在となるだろう。

どうする？

「シャーロット、もう……それしか道はない。僕が全責任を背負（せお）う。奴隷を購入しよう」

アッシュさんが決意に満ちた目をしている。仲間を一人でも集めたいのなら、それしか道はないか。

「私の全財産は、金貨三枚です。アッシュさんは？」

ついさっき、クロイス姫が私に与えてくれたものだ。あまり無駄に使いたくないけど、仕方ないよね。

「金貨二枚」

全部で金貨五枚か。果たして購入できるだろうか？

「二人とも、どうする？　購入したいのなら、奴隷商人のいる館（やかた）の場所を教えるけど？」

「「購入します‼」」

私とアッシュさんは、覚悟を決めた。

14話　新たな仲間を購入しました

〝奴隷契約〟というものは、従属魔法に分類されている。普通の魔法と異なり、専用の魔導具で書かれた契約書の中に、〝奴隷契約〟が刻み込まれている。そのため、魔法が封印されている状態でも、奴隷商人はこの魔法を使用可能なのだ。

奴隷商人といっても、ピンからキリまでいる。違法手段で奴隷を入手し、闇のオークションで売って大儲けする者、正規の手段で奴隷を入手し、専用の館で奴隷たちに衣食住を与え、身なりを整えさせてから、客が求める奴隷を提供する者。

マヤさんが紹介してくれたのは、後者だ。手書きの地図をもとに、私たちは奴隷商人の館に到着した。警備の人に用件を伝えると、玄関から三十歳くらいの執事さんが出てきたので、彼に目的を告げたら、凄く丁寧な物腰で、商談の場となる部屋へ案内してくれた。

商談が行われる部屋だけあって、設置されているソファーやテーブルなど、全ての調度品が豪華だ。アッシュさんはこういった場がはじめてなのか、案内されているときから周囲をあちこち見回し、口をアングリと大きく開けていた。私はというと、こういったのは実家で見慣れていたため、緊張はせず、気に入ったものは構造解析しておいた。

「五分ほどで、主人が参ります。それまでお寛ぎくださいませ。こちらのお菓子とお飲み物は、ここから西に位置するピョルサム地方で作られた有名なものとなっております。きっとお気に召すかと。それでは失礼いたします」

執事さんが出ていくと――

「アッシュさん、キョロキョロしすぎです。初心者であることが丸わかりですよ。もっと堂々としてください」

「こんな高級な品々を見たのは、はじめてなんだ。ここが奴隷商人の館……想像していたのと、全然違うよ。というか、シャーロットはどうしてそんなに堂々とできるの？　こういうところははじめてなんでしょ？」

この場で全ての事情を説明するわけにもいかないし、どう答えようかな？

「私も不思議です。物心が付く前にこういった物品を見ていたのかも？　不思議と落ち着きます」

「それって……」

アッシュさんには、私が厳しい環境下に放り出されたことだけを伝えてある。中途半端に伝えているせいで、変に誤解しているかもしれない。アッシュさんが何か言おうとしたら、扉から立派な服を着た四十歳くらいの紳士と、さっきの執事さんが入ってきた。この紳士さんが、奴隷商人だね。てっきり、恰幅のいいおじさんが来るのかと思ったよ。私もアッシュさんも挨拶するべく、同時に立ち上がった。

「はじめまして、アッシュ・パートンと言います」

「はじめまして、シャーロット・エルバランです」

「これはこれは、可愛いお客様だ。モレル・ハーブルムと申します」

　モレルさんは対面のソファーに座ったので、私たちもそれにあわせて座った。

「執事の話では、戦闘奴隷を求めていると？」

　ここからは、アッシュさんに進行を任せよう。

「はい。とある事情で、Cランクのランクアップダンジョンに行くことになったんです。当初、僕が冒険者ギルドに行って仲間を勧誘したのですが、馬鹿正直に色々話してしまったせいもあり、見向きもされませんでした」

「なるほど、あなた方はDランクですか。見たところ、シャーロット様は七歳前後でしょう？　その歳でDランクになるのは、異例中の異例ですね」

　学園のアルバート先生や冒険者ギルドのロッツさんも、驚いていたよ。

「ですが私の目から見ても、次のランクアップダンジョンに挑むのは、時期がいささか早いと思いますが？」

　年齢から考えると、無謀な行為に見えるよね。

「無茶なことをしているのは、僕たちも十分にわかっています。しかし、なんとしてもダンジョンにあるとされる魔刀『吹雪』が必要なんです」

「ふむ……何かよほどの事情があるようだ。……わかりました。アッシュ様のご要望をお聞きしても？」

やった‼　話だけは聞いてくれるようだ。

「僕たちと同じDランク相当の力量を持っている人。種族、性別は問いませんが、できれば年齢の近い子がいいです。金貨三枚で、この条件に当てはまる奴隷はいますか？」

マヤさんは金貨五枚あれば、私たちの求める奴隷を買えるかもしれないと言っていたけど、正確な相場がわからない。もしかしたら、無茶なお願いをしているかもしれない。

「Dランクで金貨三枚ですか……」

「モレル様、該当者は三名いますが、三名とも……」

「あの子たちか……一人ずつ連れてきなさい」

「わかりました」

一応、該当者はいるようだけど、モレルさんと執事さんの顔色を窺う限り、どこか難があるのだろう。どんな人物たちかな？

数分後、一人目の奴隷がやってきた。獣人で金髪の男性、十四歳くらいかな？　奴隷のためか、彼の両手が手錠で拘束されている。

「モレル様、この子たちは自分より歳下です。手下連中をお守りするのはごめんだ‼」

却下きゃっか!!　買い手側を見下してどうする!?

「こっちも、君のようなプライドの高いお子様はごめんだよ!!」

私が威圧してやると、白目を剥むいて気絶し、床に崩れ落ちた。

「シャーロット、容赦ようしゃないな」

「アッシュさん、ああいう奴隷はダメです。年齢に関係なく、こちらに従したがってもらわないといけませんから」

「まあ、言われた瞬間、僕もムカッときたからね」

モレルさんも執事さんも、『威圧』で驚いたのか、私の方をじっと見ている。

「申し訳ありません。力量はCランクあるのだが、中途半端に強さを持っているからか、妙にプライドが高いのです。力量はCランクあるのだが……」

「申し訳ありません。力量はCランクあるのだが、中途半端に強さを持っているからか、妙にプライドが高いのです。シャーロット様は、そんな子を気絶させた。既にCランクの力量を持っているようですな……。二人目に紹介する奴隷は、人間の女で十六歳、問題はすぐ主人と交わりたがる癖くせがあります」

「「却下で!!」」

アッシュさんの貞操ていそうの危機だよ。

「そうなりますと、あの子しかいませんな。魔鬼族の女で十二歳前後、彼女の人柄ひとがらは問題ありません。ただ、少し厄介やっかいなことがございまして……一度、こちらに連れてきましょう」

　執事さんが、気絶した獣人の右手を掴んでズルズルと引きずり、部屋の外へ出ていった。そして新たに連れてきたのは、ロングの茶髪、赤い瞳を持った日本人風の可愛い女の子だった。さっきの男と違い、両手は縛られていない。ただ、この女の子……

「可愛い……目が死んでるけど」

　アッシュさんと同じ意見だ。私も彼女に魅かれたけど、目が虚ろで生気を感じない。

「彼女の名はリリヤ・マッケンジー、ここから南西五十キロほどに位置するロッカク村出身です。二年前、村は魔物の群れに襲撃され壊滅しまして、周辺を一人で彷徨い歩いていたところを、私どもが発見しました。相当辛い経験をしたのか、彼女は自分の名前は覚えていたものの、それ以外の記憶を失っていました。年齢に関しても、見た目で判断したものです」

　記憶喪失の女性か。村が壊滅……唯一の生き残りか。

「僕と同じくらいの年齢なのに、そんな壮絶な人生を送っていたのか」

「アッシュ様、彼女なら金貨一枚でお譲りしましょう」

「「はあ⁉　金貨一枚⁉」」

　いくらなんでも、安すぎでは⁉

「確かに通常の相場よりも、遥かに安いです。それ相応の理由があるのですよ。彼女は冒険者の間で『冒険者殺し』という通り名をもらうほど、有名なのです」

「「冒険者殺し!?」」

なんなの、その通り名!!

リリヤさん自身が、冒険者を殺してるの？

これは……何か訳ありのようだ。構造解析して、彼女の人生を見てみよう。

名前　（表人格）リリヤ・マッケンジー／（裏人格）白狐童子(ビャッコドウジ)
種族　魔鬼族／性別　女／年齢　12歳／出身地　ジストニス王国、ロッカク村
装備品　可愛(かわい)いお洋服
レベル10／HP93／MP119／攻撃85／防御95／敏捷111／器用129／知力102
魔法適性　全属性／魔法攻撃113／魔法防御121／魔力量119
風魔法：ウィンドカッター
土魔法：ロックボール
空間魔法：テレパス
回復魔法：ヒール
ノーマルスキル：気配察知　Lv3／気配遮断　Lv3／暗視　Lv3／聴力拡大(ちょうりょくかくだい)　Lv3／罠(わな)察知　Lv3／短剣術Lv3／弓術(きゅうじゅつ)　Lv3／魔力感知　Lv2／魔力操作　Lv2／魔力循環　Lv

2／身体強化　Lv1／罠解除　Lv1／精神制御　Lv1／魔力具現化　Lv1
ユニークスキル：【鬼神変化】（必要条件を満たしていないため、使用不可。ただし、表の人格であるリリヤの精神状態が不安定になった場合、人格が入れ替わり、一時的に使用可能となる）
称号：先祖返り、記憶喪失、冒険者殺し
状態異常：魔法封印、精神異常（小）

……ツッコミどころ満載のステータスだね。ユニークスキルや称号、状態異常が気になるところだけど、まずはこれまでの経歴を見てみよう。

ここに至るまでの経緯
ジストニス王国南西に位置するロッカク村で生まれ、十歳までは友達と遊びながら、楽しく過ごしていた。あるとき、瘴気溜まりから発生したリザードフライやオークロードの群れが村に押し寄せ、両親が自分の目の前で殺されてしまう。そのため暴走状態となり、裏人格である『白狐童子』が目覚めた。しかし、白狐童子は自我が目覚めたばかりの上、魔物の群れに囲まれるという極限の状況であったため、生存本能が優先され、周囲にいる自分以外の全てを殺戮した。

結果、村には魔物と村人たちによる死屍累々たる光景が広がってしまった。

リリヤは、必死に止めようと泣き叫んでいたが、白狐童子が自分の友達を次々と殺していったことで気絶してしまった。あまりにも衝撃的な出来事であったので、無意識にそのときの記憶を封印している。

ゆえに、気を失ったリリヤが目覚めたとき、覚えていたのは名前だけで、目の前の光景を見ても何が起こったのか理解できなかった。三日間、周囲を彷徨っていたが、奴隷商人モレルに拾われ、奴隷として扱われるようになった。

リリヤが表に出ている間、白狐童子は体内で周囲を逐一観察し、自分たちの置かれている状況を把握する中で、強い自我に目覚め、自分の力を制御することに成功した。現時点では、リリヤの精神が不安定な状態に陥らない限り、自分が表に出ることはできないと認識したため、じっとリリヤの主人となる者を観察している。

現在までの暴走回数は十回。これまでの主人は、リリヤを性奴隷、ダンジョンでの囮、虐待などの目的で買っていた。白狐童子がそれに激怒し、リリヤの精神が乱れているときを見計らい、勝手に表に出てきて、『貴様らは、我の主人に相応しくない』と叫んで主人やその仲間たちを皆殺しにしている。

三度目の暴走後、リリヤ自身も、自分の中に得体の知れない何かがいることを認識し、極力感情を乱さないよう努力した。だが、その消極的な態度が主人たちをかえって刺激してしまうという悪循環に陥っていた。

毎回白狐童子は、ダンジョンもしくは人気のない場所で主人たちを殺している。

通常、奴隷は主人を殺すと、自分も死んでしまうという契約に縛られているのだが、白狐童子が力ずくでその契約の鎖を千切っている。この契約があることで、彼女は主人殺しとは思われず、罪に問われたことはない。とはいえ、不吉に感じた冒険者からは、彼女の主人が冒険者ばかりであったため、『冒険者殺し』という通り名で呼ばれるようになった。

やがて、リリヤの精神自体が薄弱し、感情の起伏がほとんど見られなくなった。白狐童子は、次の主人になる予定のアッシュとシャーロットを注意深く観察している

……ここまでの道のりが、悲惨すぎる。称号の『冒険者殺し』の理由はわかったけど、問題は『先祖返り』と『鬼神変化』だ。

称号　先祖返り
三千年前に滅んだと伝えられている鬼人族の血を色濃く受け継いでいる。遥か遠い先祖から家系図を辿っていくと、数世代ごとに『東雲一族』の力を有した者が現れており、その者たちには例外なく、ユニークスキル『鬼神変化』が備わっていた

鬼神変化
必要条件を満たしていないため、現在は使用不可。ただし、リリヤの精神が暴走したときに限り、裏人格の白狐童子が三分間だけ表に出てくることが可能。その後どうなるかは、裏人格の気分次第である。『鬼神変化』が発動し、白狐童子に変化すると、全てのステータスが７００となる。完全制御するためには、左記の条件を満たすべし。
一）愛する男性を護りたいという強い意志を持つ。
二）表と裏の人格が互いに認め合い、一つになること。
三）『魔力感知』『魔力操作』『魔力循環』『身体強化』『精神制御』『魔力具現化』、計六つのスキルレベルを全て6以上にすること。
また、鬼神変化には制限時間が存在する。
右記の全てのスキルレベル6↓制限時間3分
右記の全てのスキルレベル7↓制限時間5分
右記の全てのスキルレベル8↓制限時間10分
右記の全てのスキルレベル9↓制限時間15分
右記の全てのスキルレベル10↓制限時間20分
現時点において、リリヤはどの条件も満たしていないなにこれーーー‼　こんな条件、子供のうちに達成できるか⁉　誰かが、リリヤさんを見守っておかないといけない。おそらく、リリヤさんの両親は、リリヤさんの持つユニークスキルについて知っていただろうし、その制御方法を教えていく予定だったはずだ。でも、彼らは魔物に殺され、リリヤさん自身も記憶喪失のため、何も知らないまま現在に至ったということか⁉

今後のことも考え、絶対に彼女を購入しないといけない。ここで私たちが見放すと、ジストニス王国が滅ぶかもしれない。ガーランド様、ネーベリック以外にも、世界を脅かす存在がいるじゃないか‼　管理が行き届いてないよ‼

とにかく、物事は前向きに考えよう。今がリリヤさんを仲間にする絶好のチャンスだ。彼女の持つユニークスキル『鬼神変化』、近い将来、リリヤさんが完全制御に成功すれば、非常に大きな力となる‼

私がリリヤさんの解析内容を見ている間、モレルさんがリリヤさんの事情を説明していた。モレルさんが知っている事情は、私の解析内容を簡略化し、より抽象的にしたものだ。

リリヤさんを奴隷にすると、彼女を除くパーティーメンバーが必ず一ヶ月以内に死に、彼女だけが生きてモレルさんのところに帰ってくる。それが連続七回続いたところで、『冒険者殺し』と言われるようになった。

通常、主人がなんらかの事情で死んでしまうと、その時点で契約は解除され、奴隷は自由の身となる。ほとんどの奴隷にとっては喜ばしい出来事なのだが、リリヤさんは自由を求めず、自分の意思でモレルさんのもとへ戻ってくるのだ。

当初、モレルさんもこの行動に驚いたらしく、どうして戻ってきたのか尋ねたら、『一人では生きていけない』と答えた。モレルさんも律儀な性格なのか、たとえ主人が死んでも生活できるように、リリヤさんを教育していったのだが、何度購入されても戻ってきてしまう。そして『冒険者殺し』というレッテルも貼られたことで、現在では誰も購入しないという。

モレルさん自身も扱いに困り、ここ半年の間、館のメイドとして働かせていた。

「アッシュさん、リリヤさんを購入しましょう」

「は、正気か⁉」

私の発言に、モレルさんもアッシュさんも驚いているようだ。

「リリヤさんの潜在能力はかなり高いです。現時点ではその力を持て余していますが、私とアッシュさんが協力すれば、『冒険者殺し』という称号からも脱却できます」

「え……あ、まさか⁉」

アッシュさんが、私の言葉の意味を理解したようだ。

「その……まさかです」

私には、『構造解析』スキルがある。世界で唯一、私だけがリリヤさんの全てを知ることができる。あとは、アッシュさん次第だ。どうする？

「……わかった。モレルさん、リリヤを金貨一枚で購入します‼」

アッシュさんのこの言葉により、今この瞬間、リリヤ・マッケンジーは、私たちの新たな仲間に加わった。

15話　Cランクのランクアップダンジョン

モレルさんは、リリヤさんとの奴隷契約の件で、私たちに多くのことを教えてくれた。これまでの購入者たちの共通点、それはリリヤさんを大切に扱っていないことだ。三度目の購入者が死んだ時点で、モレルさんもおかしいと思い、これまでの購入者たちの素行調査を行ったところ、皆あまり評判がよくなかった。だからこそ、四度目以降、彼はリリヤさんを購入していく相手にリリヤさんの事情を説明し、大切に扱うよう伝えておいた。しかし、購入者たち全員が鼻で笑い、『奴隷である以上、好きにやらせてもらう』と言い放ったそうだ。

私たちの目的は、魔刀『吹雪』を入手することだけど、それ以降もリリヤさんを奴隷ではなく、仲間として受け入れ、彼女との絆を深めていくことを約束した。

「リリヤと年齢の近いあなた方ならば、彼女を大切に扱ってくれるでしょう。ただ、彼女はこれまでのことで相当なショックを受け、感情を表に出さなくなりました。彼女が無表情で返事をしても、怒らないであげてください」

「リリヤの事情に関しても、概ね把握しました。それを知った上で、彼女と接していきます。周囲にも、彼女のことを『冒険者殺し』とは呼ばせませんよ」

アッシュさんなら、リリヤさんのことを大切にしてくれるだろう。

「次に、リリヤを奴隷と証明させるためのものについてですが、首輪と焼印のどちらを希望しますか？　これまでの購入者は、首輪を選んでいましたが」

「首輪……ペットのような感じがして、印象が悪いし目立つ。でも、女の子の肌に焼印を入れるのも……」

「アッシュさん、焼印を選択しましょう。目立たない方法を選択するのなら、見えない位置に焼印を押してもらうのが最適です。奴隷解放後、私かアッシュさんの回復魔法で治療してあげれば、傷も消えます」

焼印を入れるという行為は激痛を伴うけど、数秒我慢すれば終わる。首輪を選択すれば、激痛を伴わない代わりに、『自分は奴隷です』と長期間周囲にアピールすることになる。この行為は、精神的にかなりキツイ。長い目で見れば、焼印の方が正しい選択だと思う。

「焼印か……言いたいことはわかるけど……そうだな、先のことを考えれば……モレルさん、焼印でお願いします」

「わかりました。準備いたしますので、少々お待ちを」

モレルさんが、準備のため部屋から出ていった。せっかくだから、リリヤさんと話してみよう。

「リリヤさん、あなたの新たな主人は、こちらにいるアッシュさんです。私は彼の仲間で、シャーロットと言います。これからよろしくお願いしますね」

「アッシュ様が新たな主人。シャーロット様がアッシュ様の仲間……ご迷惑をかけるかもしれませんが、よろしくお願いします」

目が虚ろで、感情が全然こもってないけど、立ったまま深くお辞儀してくれた。

「リリヤ、僕たちのパーティーは、かなり特殊だ。これまでの冒険者たちと、戦闘方法も大きく異なると思う。君は、僕のサポートを頼む」

リリヤさんが首を横に傾け、私を見た。

「シャーロット様は？」

「彼女の攻撃方法は奇抜なものばかりだから、初期の段階でサポートに入ったら、リリヤが死ぬかもしれない。まずは、シャーロットの攻撃方法を理解し、学ぶんだ。サポートするのは、その後でいいよ」

多分、リリヤさんの頭上には、クエスチョンマークが出ているだろう。

「……わかりました」

あらら、深く考えずに了承(りょうしょう)してくれたよ。その後、モレルさんが契約書と奴隷用の焼印を持ってきて、リリヤさんの左胸と左肩の中間部位に印を入れた。リリヤさんは熱さで痛そうだったけど、なんとか耐えてくれた。熱さが収まった後、アッシュさんがリリヤさんの印に触れ、魔力を流し込んだことで、奴隷契約が成立した。

「リリヤ、用意した冒険者服に着替えてきなさい。服の隣に置いてある弓と短剣は、君の持ち物だ」

今度は、リリヤさんが出て行った。

「これで、契約は全て完了です。アッシュ様とリリヤは、魔法の鎖で繋がっています。アッシュ様からは、奴隷であるリリヤの現在位置がわかりますし、どこにいようとも連絡をとることができます」

「学園で、奴隷や従魔についても習いましたが……ステータス上から、リリヤの現在位置がわかるのですね」

「ええ、お互いに便利だと感じることもございます。奴隷の中には、解放を求めずにずっと主人と繋がっていたいと願う者もおりますので」

なるほど。主人と奴隷が愛し合っているのなら、契約魔法による鎖はメリットでしかないよね。そういう関係もあるのか。

「なんとなくわかります。そういえば、リリヤはなぜ武器や防具を持っているんですか？」

「冒険者の服に関しては、こちらから支給したものですが、リリヤの武器であるワイバーンの骨から製作された弓や短剣は、前回の購入者の持ち物です。手入れもしてありますので、リリヤは即戦力になるでしょう」

白狐童子、殺した相手の持ち物の中から、リリヤさんに使える武器を奪取していたのか。

「ワイバーンの弓と短剣……かなり強力だな」

ドアがノックされ、リリヤさんが入ってきた。彼女は先程の可愛いお洋服から、私が着ているものよりも一段階くらい質も見た目も落ちる地味な冒険服を着ていた。ワイバーンの弓を背負い、ズボンの左腰付近に短剣をつけていた。

「アッシュ様……シャーロット様……用意が整いました」

「よし、行くか‼」

「はい、行きましょう」

私たちは、モレルさんにお礼を言い、館を出た。ダンジョンに行くにあたって、用意しないといけないものがある。食事に関しては、かなり多めに調理しておいたから大丈夫だけど、リリヤさんの着替えは買っておかないとね。それから、Cランクのランクアップダンジョンに行こう。

○○○

現在の時刻は午後五時、私たちは全ての準備を整え、ランクアップダンジョンの入口に到着した。Eランクは岩山、Dランクは屋敷だったけど、ここは……貧民街や図書館からかなり離れたところにある広場だった。広場のど真ん中に地下への階段があり、人が誤って転げ落ちないよう、階段の周囲が柵(さく)で覆われていた。そして広場には、多くの露店があった。冒険者も大勢いるため、私たちの存在は目立っていない。

ここに来るまで、私とアッシュさんはリリヤさんとお話ししたけど、彼女は自分から話しかけてこない。私かアッシュさんが話しかければ、無表情で答えてくれるだけだ。そのため、会話が続かない。

「ここがCランク用のランクアップダンジョンか。外観からして、EやDランクのランクアップダンジョンとは違うな。シャーロット、リリヤ、僕たちの目的は、魔刀『吹雪』を入手すること。入手場所は、ゾンビが徘徊(はいかい)する城エリアだ。リリヤ、いきなり実戦になるけど、もし体力的にキツイ場合は、すぐに言ってくれ」

「……はい。……アッシュ様、シャーロット様には言わないの？」

アッシュさんが私に何も言わないので、リリヤさんは不思議に思ったか。普通なら、リリヤさんよりも、私に言うべき言葉だもんね。

「あ～どうして言わないのか、ダンジョンの中に入ったらわかるよ。リリヤも、シャーロットの行動で感情を乱さないようにね」

アッシュさん自身が、Dランクのランクアップダンジョンで私の行動に驚き、何度か危ない場面があったもんね。さあ、心の準備ができたところで、ダンジョンの攻略開始だ!!

……この入口にも、三人の警備員がいた。アッシュさんが自分の事情を説明し、目的は『魔刀「吹雪」を入手すること』であって、ダンジョン全てを攻略する気はないことを伝えると、なんとか納得してくれた。

三人とも、私たちのことを気にかけてくれていて、『絶対に無茶はするな』と忠告してくれた。私たちの傍にリリヤさんもいたけど、『冒険者殺し』とは気づかれなかった。半年間、モレルさんの館に閉じこもっていたため、『冒険者殺し』に関する事件も風化しつつあるのかもしれない。

私たちは地下への階段を下り、扉を開けた。地下一階は――森林エリアだった。

「地下一階は森林エリアか。雰囲気が前のダンジョンとどこか違う。なんというか、あのときより少し重苦しい感じがする」

アッシュさんと同じ意見だ。魔物の気配も、ワンランクアップしている。

「リリヤ、このダンジョンに関しては、担任のアルバート先生に色々と教わっている。このダンジョンは、地下十五階の構成となっていて、城、塔、森、洞窟、幻惑という五種類のエリアが存在する。一日の始まりである深夜零時になると、全ての階の構成がランダムに移動する。その際、中にいる冒険者も階層ごと移動させられてしまう。仮に地下十階まで進み、セーフティーエリアで朝まで休んだとしても、零時になった時点で、最悪一階に戻される場合もある」

「……知ってます」

リリヤさん、一言でズバッと会話を終わらせたよ。

「え……あ……そう」

入口付近だからか、周辺には人や魔物の気配はない。ここで、アッシュさんに話しておくか。

「アッシュさん、探索する前に、リリヤさんの事情について話していいですか？」

「そうだね。『冒険者殺し』と言われるようになった本当の経緯を知っておかないと、僕が危ない。リリヤ、シャーロットはね、『構造解析』というユニークスキルを持っているんだ。このスキルを使用すれば、リリヤのステータスや過去の行動の全てが明らかになる。僕も、君のことをきちんと知っておきたい。スキルを使っていいかな？」

「え……構造……解析？」

想定外だったのか、リリヤさんがはじめて動揺した。

「リリヤさん、あなたの中にいる得体の知れない何か……その正体を知りたくないですか？　ワイバーンの弓と短剣をどうやって入手したのか？　これまでの主人たちを殺したのは誰なのか？　私は、あなたの全てを知っています」

「そんな……どうして……それを……」

リリヤさんの顔色が変わった。自分の中にいる正体不明の〝何か〟を知っている人物が、目の前にいるのだから当然か。

「シャーロット、リリヤを動揺させない方がいいんじゃ？」

「わざと言っているんです。リリヤさんの中にいる……白狐童子にも伝えるためです」

私が、その言葉を言った瞬間、リリヤさんの気配が濃密なものに変化した。これは、この階層にいるどの魔物よりも遥かに濃い。

「……なぜ……私を……知っている？」

リリヤさんの口調が突然変わった。それにあわせて――

「リリヤの髪の色が一瞬で白に‼　それに、瞳の色が赤から紫に変化した⁉　なんだ、この重い気配は……ネーベリックに近い」

やっぱり、白狐童子が表に出てきたか。

「スキルのおかげだよ。私は、あなたの全てを知っている。白狐童子がリリヤさんに何を求めているのかも……ね」

白狐童子は、じっと私を見つめている。ここで目を逸らすわけにはいかない。

「……リリヤに話せ」

気配がリリヤさんに戻った‼　髪も黒く、瞳も赤に変化した。あ、リリヤさんが倒れる。

「リリヤ、危ない‼」

ほっ、アッシュさんがリリヤさんを支えてくれた。

「アッシュ様、ありがとう。シャーロット様、話してください。私は……自分を知りたい」

無表情ではあるけど、リリヤさんの目に、光が少し宿った。リリヤさんが見ている自分のステータスには、未覚醒(みかくせい)のユニークスキル『鬼神変化』は表示されていないだろう。だから、裏人格の白狐童子に関しても記載されていないはずだ。まず、私はリリヤさんの『鬼神変化』について、その制御条件と、裏人格となる白狐童子の存在を教えてあげた。

「……白狐童子……私の裏人格」

リリヤさんが、自分の両手を見ている。自分の中にいる白狐童子を見ようとしているのかな？

「『鬼神変化』、凄(すご)いユニークスキルだ。でも、制御するまでの道程(みちのり)が大変だな。リリヤの潜在能力が高いと言った理由は、これだったのか。そうなると、裏人格の白狐童子がこれまでの購入者を殺していたのかな？」

「その通りです。購入者たちは、リリヤさんを邪(よこしま)な目で見ていました。リリヤさんの身に危険が生じたときのみ、白狐童子が表に出てきて、購入者たちを殺していたんです。全ては、リリヤさんを守るためですね」

リリヤさんが死ねば、同時に裏人格でもある白狐童子も死んでしまう。これまでに、白狐童子が表に出てきたのは、必ず切羽詰まった状況だった。だからこそ、私はリリヤさんに『何をなすべきなのか』を伝えたいのだ。

「シャーロット様……教えてください。……私はどうすればいいのですか？」

リリヤさん、あなたがすべきことは一つだけですよ。

「『鬼神変化』を完全制御するためには、人格の表と裏が一つになる必要があります。そのためにも、裏人格である白狐童子のことを怖がらず、向かい合って話を聞いてあげてください。ただ、現状のリリヤさんだと力の差がありすぎて、向かい合うことすらできません。ユニークスキル『鬼神変化』がステータスに記載されていないのも、それが原因です。まずは強くなりましょう。私もお手伝いします。あなた自身が肉体的にも精神的にも強くなることで、白狐童子と向かい合うことができるのです」

「強く……私……強くなりたい。冒険者殺しと言われるのは、もう嫌!!」

あ、〝精神異常（小）〟が解除された!!　リリヤさんの言葉にも、明確な意志が宿っている。この言葉は、本気のようだ。

「わかりました。私の知る知識を教えてあげますよ。アッシュさんも、それで強くなりましたからね」

「リリヤ、シャーロットの持つ知識は深い。シャーロットなら信用できるよ。僕と一緒に強くなろう‼」

「……アッシュ様……はい‼」

よし‼　リリヤさんも自分のことを知って、やる気も漲ってきただろうし、本格的に動いていこう。

16話　シャーロットの必殺技

現在、地下一階の森林エリアを探索中だ。これまでにファイヤースライム、ホブゴブリン、ミニマムゴースト、ゾンビといった魔物が出現した。アッシュさんが前衛、私が前衛と後衛の両方、リリヤさんが後衛となり、敵を対処している。

リリヤさんは言われた通り、アッシュさんのサポートに徹した。弓術を嗜んでいるだけあって、私の目からは、かなりの腕前だと思ったけど、アッシュさんから見れば、学園生の平均レベルらしい。それでも、アッシュさんが指示した箇所周辺に、矢を的確に射っていた。

私の方はというと、魔物を指弾や『内部破壊』で一撃粉砕していたので、リリヤさんによるサポートをまったく必要としなかった。

「アッシュ様、シャーロット様が異様に強いです。……年齢と合っていません」

リリヤさんが、ユニークスキル『鬼神変化』の制御方法を知り得たことで、彼女の目に光が宿り、感情も取り戻しつつある。そして、アッシュさんとリリヤさんが、魔物との戦闘で互いに連携したこともあり、ギクシャクした雰囲気も緩和してきたようだ。そのせいか、なんとリリヤさんから話題を振ってきたのだ。

「あはは、シャーロットの戦い方は奇抜だろう？」

「はい……私たちの常識を超えています」

「まあね。当初、僕も戸惑ったよ。シャーロット、そろそろ君の事情も話してくれないかな？　僕もリリヤも、君の強さの理由を知りたい」

アッシュさんとリリヤさんを構造解析したことで、二人の過去は私に筒抜けだ。私だけ何も言わないのは不公平だよね。うーん、どこまで話そうかな？

「話しても構いませんが、かなり驚きますよ」

「覚悟はできてる。リリヤもいいね？」

「……はい」

というわけで、まず私の本来の姿が人間であること、アストレカ大陸出身であること、偽聖女に逆恨みされ、ハーモニック大陸のケルビウム山山頂に転移させられたこと、ユニークスキルの影響で強くなったことを話した。

「転移石で山頂に転移って……あそこは、人が生きる環境じゃない。君の持つ『環境適応』スキルが働いたことで生き残れた……でも、その代償として、直接攻撃力と魔法攻撃力が0……だから、あんな戦い方なのか」

「シャーロット様……可哀想？」

リリヤさん、なんで疑問形なの？

「攻撃系以外の魔法なら、きちんと使えます。現在のところ、攻撃や敏捷、防御を一時的に上昇させる支援魔法や、マックスヒール以外の回復魔法が使えます」

後のクーデターのことも考え、貧民街でイミアさんに教えてもらったのだ。

「その歳でリジェネレーションを使えるの⁉　でも、ここでの使用は控えた方がいい。冒険者に見られたらまずい」

やはり、魔法は当分大っぴらに使えないか。

「シャーロット様……今、魔鬼族。どうやって変装を？　それにケルビウム山に転移ということは……」

「あ、そうだよ‼　シャーロット、ネーベリックはどうなったの‼」

当然、気づくよね。次に、私はザウルス族と共闘してネーベリックを討伐したこと、ダークエルフの村で変異の指輪をもらったこと、現在王都で転移魔法に関係する資料を集めていることを話した。ガーランド様のことは、話していない。

「え……ネーベリックは、もう死んでるの？」

「はい、死んでます。国王陛下には、まだ知らせていません。現在、ケルビウム大森林にいる全種族が、今後のことで協議しています。アッシュさんもリリヤさんも、誰にも言わないでください」

「言わないよ‼　リリヤも言っちゃダメだよ。ケルビウム大森林にいる種族たちは、怒っているだろうな。ネーベリックとの戦争は回避できても、ケルビウム大森林にいる種族たちと戦争になるかもしれない」

私の言った内容、通常なら到底信じないだろう。でも、私自身の強さを見せたからこそ、二人とも信じてくれている。

「シャーロット様は、白狐童子より強い？」

「強いですよ。やろうと思えば、白狐童子を『内部破壊』で一撃粉砕できます」

「ヒッ‼」

リリヤさん、さっきの魔物たちの末路を自分と重ねたのかな？　アッシュさんの左腕にしがみついている。

「シャーロットの目的は、家族がいるアストレカ大陸に戻ることなんだね？」

「はい。帰還するための方法としては、『徒歩で大陸間を移動して帰る』か、『転移魔法を習得する』かのどちらかになります」

「現状、国が魔剛障壁で覆われている以上、徒歩での帰還は不可能だし、転移魔法についても習得方法がわからない。そうなると、もし国とケルビウム大森林の種族たちが戦争を起こした場合……」

「当然、ケルビウム大森林にいる多種族連合の味方になりますね」

「既に、勝敗は決しているじゃないか‼」

アッシュさんから、久しぶりのツッコミをもらったよ。

「戦争が起きるかは、これからの状況次第ですね。現在、そのための協議を行っている段階です」

「……戦争が起きないことを祈るよ」

リリヤさんも、コクコクと激しく頷いている。さ、私の事情も一部話したことだし、冒険を再開しよう。ここが森林エリアである以上、さっさと攻略して、次の階に行かないとね。

しばらく森の中を進んでいくと、前方から魔物の気配を感じた。

「アッシュさん」

「ああ、オークソルジャーとトレントか」

「アッシュさん、リリヤさん、ここは私に任せてください。指弾や『内部破壊』だけでは、レベルも上がりにくいので、新たな技で倒します」

「猛烈に嫌な予感がするけど、任せるよ」

アッシュさんとリリヤさんが、後方に移動した。

トレント、体長三メートルもある木の魔物。火魔法を使えばいいんだけど、ここは森だから使用厳禁だ。お、蔓がこっちに飛んできたよ。よし、掴もう。

「ギギ、ギギギギガ？（掴む、それでどうする気だ？）」

「こうするんですよ。おりゃあーーーーー」

周りにいるのは、アッシュさんとリリヤさんとオークソルジャーのみ。だったら振り回してもいいよね？　私に絡んだ蔓を使って、トレントを真上に上げ、思いっきり振り回した。

「おらおらおらおらーーーーーー」

トレントの巨体を振り回したことで、周囲の木々がバキバキバキと薙ぎ倒されていく。

地上では絶対にできない行為だ。

「ピギャーーーピギャピギャピギャーーピギャーピギャーピッギャラー（えええ～～どこにそんな力が～～オークソルジャー助けて～～）」

アッシュさんもリリヤさんもオークソルジャーも、真上で振り回されているトレントをポカーーンと見ているだけだ。

「ブギイ、プギ（ごめん、無理）」

「ひいぃぃぃぃーーーーアッシュ様〜〜」

「ちょっとーーーシャーロット〜〜」

十分な回転数に達したところで、オークソルジャーがいる場所に、思いっきり振り落とす。

「アッシュさん、リリヤさん、回避してください」

「「えええぇぇぇぇぇーーーーー!?」」

「そのまま地面に落ちて、二体ともかち割れろ〜必殺『トレントクラッシャー』」

「「ぴぎぎぎーーーー（やめてーーー）」」

バキバキズドオオォォォォーーーーーーンという衝突音が、周囲に鳴り響いた。トレントとオークソルジャーの二体は、見事に頭がかち割れ、絶命し消えた。

「よし、勝ったぞーーーー」

「アホーー、目立ちすぎだ〜〜」

アッシュさんが、私とリリヤさんを両脇に抱え込み、全速力でその場から離脱した。

「はあはあはあはあはあはあ……」

「……シャーロット様、怖いです。怖すぎます。アッシュ様、大丈夫？」

「ごめん……はあはあはあ……休憩させて」

やっぱり、あの技は派手すぎたか。周囲の木々を薙ぎ倒したら、視界が広くなったこともあって、遠くにいた冒険者と目が合ってしまった。相手側も、私の攻撃をポカーーーンと眺めていたね。

「シャーロット様、あれはひどい。あんなの……技とは言えない」

「ただ魔物を倒しても、レベルが上がりにくいと思っての行動なんですが」

「あれは技じゃない。力ずくで倒しただけ」

リリヤさん、無表情でありながら、きちんとツッコミを入れている。その後、回復したアッシュさんからも、厳しいお叱りを受けてしまった。やはり、目立つ行動は厳禁だね。

「あれ？　アッシュさん、あそこの花の蕾、妙に大きくないですか？」

「え……あ、本当だ」

アッシュさんが私たちを抱えて無我夢中で全力疾走したことで、まったく未開のエリアに来てしまったようだ。

「あれは……蕾の宝箱。アッシュ様、シャーロット様、蕾を開けると、罠が発動します。でも、その罠を潜り抜けた先に、レアアイテムがあるはず」

おお、珍しいアイテムがあるの!?　それなら、ここは開けるべきでしょう。問題は、罠の種類だよね。蕾に覆われていて、中身がまったくわからない。『罠察知』スキルも働かないし、どうしようかな？

「レアアイテムは欲しいけど、どんな罠が待ち受けているのかが気になる」

「リリヤさん、どんな罠があるのかわかりますか？」

「多分、睡眠、麻痺、毒のいずれかの罠だと思います」

状態異常系の罠か。

「よし、リリヤは後方に下がっていて。僕とシャーロットで開けるよ」

「え……でも状態異常が……」

「大丈夫です。私は、『状態異常無効』のユニークスキルを持っていますし、アッシュさんには状態異常を防いでくれる『祝福の指輪』があります」

蕾をこじ開けると――プシューーーーーと白色の煙が噴出し、私とアッシュさんを覆った。

「これは、睡眠の罠か。ここで眠ったら終わりだな。アイテムは何かな？」

私たちに状態異常の罠は通用しない。煙に包まれる中、アッシュさんが蕾の奥を覗き込んだ。さあ、レアアイテムかな～、それともノーマルアイテムかな～。

「お、お、おおおお、ミスリルの剣だ‼　よっしゃーーーー‼」

ミスリルの剣？　それってレア？

「アッシュさん、レアなんですか？」

アッシュさんの左手には薄く青みがかった白銀の鞘、右手には、鞘と同じ色合いの長剣が握られていた。

「超レアアイテムさ。ダンジョン産のミスリルは、純度が非常に高い。斬れ味も抜群なんだ。今のロングソードはかなり使い込んでいて、そろそろ交換時期だった。これは嬉しいよ‼」

ミスリルの剣は超レアなんだ。そういえば、マジックバッグの中に、ミスリルの屑があったよね？　ダークエルフの遺品の一つだったけど、必要ないからと私にくれたんだ。どのくらい残っていたかな？　あ、残念。二百グラムしかない。

「アッシュさん、ミスリルの屑とかも、アイテムとしてあるんですか？」

「あるにはあるけど、ハズレアイテムだよ。入手して露店とかで売っても、安く買い取れるから、みんな見つけても、そのまま放置してる。ほら、この蕾の奥の方にも、ミスリルの屑がある」

え⁉　私は、慌てて蕾の奥を覗き込んだ。

「おおーーーー、ミスリルの屑がある。この量なら短剣ができる‼」

「は？　短剣？　ミスリルの屑で？」

あ、そういえば、アッシュさんにもリリヤさんにも、ミスリルの屑から武具やアクセサリーを製作できる技術に関しては話していなかった。

「リリヤさん用の短剣を作ってあげます」

「本当に可能なの⁉」

むう、やはり疑っている。この場でミスリルの指輪を作ってあげたいところだけど、量が減ると短剣が製作できないかもしれない。

「このダンジョン内で証明してあげましょう」

「シャーロットの場合、本当に作りそうで怖いな」

などと話しているうちに、煙が晴れてきて、後方にいるリリヤさんが見えてきた。

「本当に……お二人とも効かないんですね……」

リリヤさんは無表情で、私たちを呆然と見つめている。

「「まあね」」

「シャーロット様も変だけど……アッシュ様も変だよ」

「え、なんで⁉」

私だけでなく、アッシュさんも変人扱いされてしまった。

アッシュさん用の新たな剣も見つけ、私用のミスリルの屑も見つけた。ミスリルの屑に関しては、どんどん集めていこう。

17話　転移トラップ

地下一階を探索中、セーフーティーエリアを見つけた。Dランクのときと同じく、このエリアの周囲だけが広場となっている。まだ地下一階だからか、エリアには私たちしかいなかった。三人で相談した結果、時間が午後七時だったこともあり、私たちはここで一晩過ごすことに決めた。

今回、学園での事件や、奴隷購入など不慣れなことが続いたためか、疲労も大きい。だからかな、私もアッシュさんも、私の調理した夕食を勢いよく食べ、十分ほどでお腹いっぱいになってしまった。

当初リリヤさんは、奴隷だからか、料理をじっと見つめているだけで食べようとしなかった。しかし、アッシュさんが『リリヤ、君は僕の奴隷であると同時に、仲間でもあるんだ。一緒に夕食を食べよう』と言ったことで、私たちと同じくらいの勢いで、屑肉(くずにく)ステーキなどの料理を食べていった。

「シャーロット、時間ができたときでいいから、僕にも調理方法を教えてくれないかな？」

「私も……教えて欲しいです。シャーロット様の料理、今まで食べたものの中で一番美味(おい)

しい」

　リリヤさん、出会って一日も経過してないのに、どんどん積極的に話すようになったね。

「いいですよ。アッシュさんの件が解決した後、私の住まいか、アッシュさんの孤児院で教えましょう」

「ありがとう、助かるよ。料理や、ダンジョンで入手したアイテム類の管理は、シャーロットに頼ってばかりだからね。僕もリリヤもマジックバッグを持っていないから、せめて料理だけでも技術を磨いておきたいんだ」

　うんうん、人に頼ってばかりでは、ダメ魔鬼族になってしまう。技術を身につけることは、大事だ。

「私も……アッシュ様と同じ意見です」

「私の持てる料理の技術を教えてあげます。あ、技術で思ったのですが、リリヤさんにも魔法やスキルの訓練方法を教えてあげた方がいいのでは？」

　今後、下に進むにつれて、魔物も強くなっていくだろう。今のうちに、リリヤさんの強さを上げておいた方がいい。

「そうか。リリヤにも、属性付与や『身体強化』に関する技術を知ってもらわないと‼

リリヤ、シャーロットは精霊様から、様々な知識と技術を学んでいるんだ。正しい方法で訓練すれば、スキルレベルも上がりやすくなるし、君自身の成長速度も早くなる」

「シャーロット様、教えてください。私は強くなりたい‼」

アッシュさんの言葉を聞いて、リリヤさんの目に、強い意志が宿った。彼女の精神異常も消えているから、近日中に本来の自分を完全に取り戻すかもしれない。私はリリヤさんに、〝身体への属性付与〟や〝『身体強化』や『魔力循環』〟などの正しい訓練方法を教えていき、その日は就寝することとなった。


翌朝、午前七時。私たちはダンジョン攻略を再開した。

ここまでの成果は、魔物討伐数が九体、宝箱一個（眠りの罠（わな）＋ミスリルの剣＋ミスリルの屑（くず））という内容だ。ステータスを見ると、ここの階層が地下一階から地下三階へと変化していた。

「階層が地下三階になってる。アルバート先生から話は聞いていたけど……実際この目で確認すると……不思議な気分だな」

「その分、最下層に行かせないため、転移トラップが数多く仕掛けられているとも言ってましたね」

「うん、森林エリアにある罠（わな）が一新されているはずだ。慎重に進めていこう。でも……」

アッシュさん、入手したばかりの剣をチラチラ見ている。

「ミスリルの剣ですか？」

「まあ……ね。魔物と戦いたい。この剣があれば、格上の魔物でも通用すると思う。斬れ味を確認したいんだ。それに、これまで使用していたロングソードの刃までの魔力伝導速度は二十秒くらいだったけど、同じことをミスリルの剣で確認したら、五秒だった。驚異的な伝導速度だよ」

武器に属性付与や『武器強化』を行うためには、武器全体に自分の魔力を流し込む必要がある。完全に流し込まないと、スキルが発動しない。

あれ？　ふと思ったけど、お父様やお母様、お兄様たちに作ったマント、キャミソール、短剣は、もっと凄いってことだよね？　確か、コンマ数秒で魔力を全体に流し込められたし、硬度もオリハルコンに匹敵すると記載されていた。……私の知らないところで、とんでもないことが起こっているような気がする。

「シャーロット、どうしたの？」

「いえ、なんでもないです」

リリヤさんに、超硬度ミスリルナノチューブ製の短剣を製作してもいいのだろうか？　この件は保留にしておこう。

「アッシュ様、シャーロット様、沼が見えてきました」

進行方向には、確かに沼があった。でも、この沼の形が正方形なんだよね。明らかに怪しい。

「これは……底なし沼トラップだ。この沼に少しでも触れると、引きずり込まれるんだ。シャーロット、リリヤ、迂回しよう」

むむ、わずかだけど、『罠察知』が発動した。底なし沼の中心付近の最深部に何かある。その部分のみ、構造解析だ。……これは!!

「アッシュさん、沼に入りましょう」

「はあ!?　死ぬ気か!?」

「底なし沼の最深部に、転移トラップがあるんです。それが欲しいです」

「転移トラップだって!?　けど、どうやって入手するの？」

「大丈夫です。少し待ってください。……ウィンドシールド」

まず、私たちの周囲をウィンドシールドで囲う。次に風を回転させて水の侵入を防ぎ、空気を確保する。

「これで大丈夫です。転移トラップを入手しましょう。あと、転移先にあるものも入手しておきましょう」

「ウィンドシールドをこんな形で応用するなんて……この方法なら、たとえ入手に失敗しても、死ぬことはないか。……わかった、少し怖いけど行ってみよう」

「え……本当に行く気なんですか？」

リリヤさんが、不安そうな顔をしている。私が言い出した以上、二人の命は必ず守るよ。

「リリヤ、行こう。何事も挑戦だ」

「……わかりました」

リリヤさんも、覚悟を決めたようだ。私たちは底なし沼に入った。ウィンドシールドがあるとはいえ、少し怖いね。シールドのイメージを強化しておこう。

「底なし沼が汚いから、何も見えないな」

「透明度が零ですね。……む、あそこに反応があります」

底なし沼の最深部に、目的のものがあった。それは、十五センチほどの六角形の形をした魔石だ。

転移トラップ
魔石には、限定的な転移魔法が付与されており、二つあることではじめて機能する。二つの転移魔石に、現在地と転移地点を登録することで、往復転移が可能となる。登録方法は、現在地と転移地点の両方において、魔石を地面に埋め込むだけでいい。あとは、埋め込まれた地面に立てば、トラップが発動する。発動範囲は、直径十メートル。
一度埋め込めば、その地点の座標が入力されるため、掘り起こしてからでも、魔石に魔力を流せば、目的地への転移が発動される。ただし、一度転移を発動させると、魔石に入力された座標がリセットされるので注意すること。

このトラップは再利用可能だが、その際は各魔石に魔力を２００充填させなければならない。なおこのトラップは、発動すると地下五階の城エリアの大部屋へ転移する

　やったよ‼　このトラップは、簡易的な長距離転移に相当する。しかも、地面に埋め込むだけで、その地点の座標が魔石に入力される。あとは、その上に立つだけでいいんだ。

「アッシュさん、このトラップは掘り起こすことが可能です。掘り起こしてから、そのトラップに魔力を流し込めば、地下五階の城エリアの大部屋へ転移されます」

「城エリアだって⁉　僕たちの目的地となる城かな？」

「それはわかりません。ただ、大部屋となっているので、アッシュさんもリリヤさんも転移したら戦闘態勢をとってください」

「わかった‼」

「はい」

　まずは掘り起こさないといけないんだけど、ここは沼の中だ。別の魔法を使うために、私がウィンドシールドを解除したら、全員が溺れ死んじゃうよ。そうなると……魔力を具現化させたマジックハンドを作ろう。そうすれば、何か別のトラップがあったとしても、二次被害を防げる。さあ、作業開始だ‼

「え、あれは魔力でできた手？　……なるほど、ウィンドシールドを解除できないからか。

こんな方法を思いつくなんて……」

「シャーロット様の発想力が凄い」

二人とも、褒めていただきありがとうございます。転移トラップ、掘り起こし完了だ。

これをウィンドシールドの中に入れよう。

「おお、魔石自体が透明ですよ」

「こんな魔石、見たことないよ」

「転移……できるの？」

「今から確認しましょう。アッシュさん、リリヤさん、私の魔力を流しますよ？」

二人は、ゆっくりと頷いた。沼の中だから、かなり不安だ。でも、私は自分のスキルを信じる。さあ、どうなる!?

18話　西洋の城

転移後の場所は、西洋の城にある謁見の間のような大広間だった。この真下に、もう一個の転移トラップがあるはずだ。床を観察すると、一ヶ所のみ色が異なるブロックがあった。ブロックを外し、裏を見れば、転移トラップが埋め込まれていた。外そうとしたら電流が走ったけど、無視して剥(は)がす。多分、どのトラップでも、剥(は)がす際には強力な電撃を浴びるのだろう。盗難(とうなん)防止用といったところかな？　私にとって、こんなの関係ないけどね。

「やった～～‼　転移トラップを一セット回収できました～～‼」

このトラップを入手できたことは嬉しいよ‼　クロイス姫たちも喜んでくれるはずだ。

「本当に回収できるとは……驚きだよ。それ、絶対に売っちゃダメだよ。多分、大きな混乱が起こるから」

「シャーロット様、売っちゃダメ」

「売りませんよ。時が来るまで、私が保管しておきます」

それにしても、この西洋の城エリア？　ゴースト族ばかりが出現する城なのか、ゾンビ族ばかりが出現する城なのか……どちらだろうか？

「へ……あ……あ……あれは……アッシュ様……」

リリヤさんの様子がおかしい。右手でどこかを指しているけど、何かあるの？

「……うわ、デカ‼」

王と王妃の玉座(ぎょくざ)には、体長六メートルほどの牛の化物が二体座っていた。俗(ぞく)に言うミノタウルスだ。二体とも座りながら、武器である大きなバトルアックスを地面に突き刺し、こちらを悠然(ゆうぜん)と眺めている。でもよく見ると、石像だ。この石像の大きさに合わせてか、天井も高さ十メートルくらいある。

「げ〜〜なんでBランクのミノタウルスが、ここにいるんだ!?」

「アッシュさん、ミノタウルスの石像ですすよ。感じる魔力からして、Cランクです」

そのとき、どこからか大きな声がした。

『よくぞ、この部屋へ辿り着いた。今からゲームをはじめる。三分後にゴースト二十体が出現する。十分以内に討伐できたら、褒美をやろう。ただし、制限時間を過ぎた場合、王と王妃が目覚め、お前たちを抹殺するだろう。逆に、この二体を討ち倒すことができたら、さらなる豪華な褒美をやろう。健闘を祈る』

「アッシュさん聞きましたか?」

「ああ、二十体のゴーストを十分以内で討伐……厳しいな。ゴーストは空を飛べるから、空に逃げられたら、攻撃手段が……」

ゴーストを倒す方法は、イミアさんから教わっている。光魔法を使用するか、武器に光の属性を付与して、ゴーストに斬撃を与えるかだ。私の場合、光魔法リフレッシュを習得しているから、それで討伐可能かな。

「アッシュ様、私にやらせてください!!」

「リリヤ、数多くのゴーストを討伐できるのか?」

「シャーロット様から身体への属性付与を教わりました。私の思い描いた技を使えるかもしれません。それに、『武器強化』スキルを覚えたいです‼」

リリヤさんが、やる気を出している。ここまで積極的にアピールしてくることはなかった。ここは、彼女の要望に応えてあげたい。

「わかった。リリヤ、頼んだよ」

「はい‼」

『時間だ。ゲームを開始する』

王と王妃の玉座には、二つの扉がある。その扉が開き、二十体のゴーストが凄い勢いで出てきた。ダンジョンで死んだであろう人たちや、ダンジョンで作られた犬、猪、兎、猫、虎、猿、ライオン、牛、蛇など、様々な姿をしたゴーストだ。全部、地球やガーランドで見た動物ばかりだけど、本来飛べるはずのない動物も含めて、全員が空中を闊歩している。

「リリヤ‼」

「はい、いきます‼　弓技――光矢乱れ打ち」

おお、リリヤさんがワイバーンの弓の弦を引いた瞬間、『光の矢』が形成された。

弓を扱うには、当然矢が必要だ。地球では、物理的な矢しか存在しないけど、この世界では、物理と魔法の二つの矢がある。

魔法の矢は、弓に属性付与や『武器強化』を行うことで可能となる。自分の魔力を弓に通せば、属性持ちの魔法の矢を作れるのだけど、これは『弓技』というスキルに該当するから、魔法封印されている今でも使用可能だ。

十本の光の矢がゴーストたちに飛んでいき、次々と突き刺さっていく。こういった技は魔力消費も激しいので、常にマジックポーションを準備しておかないといけない。

「まだまだ‼」

マジックポーションで魔力を補給しながら、次々と放たれる光の矢により、ゴーストが一体また一体と討伐されていく。私とアッシュさんが地上に逃げてきたゴーストたちを討伐することで、ゲーム終了まで残り十五秒くらいのところで、ゴーストは一体だけとなった。

「間に合う‼　これで最後」

リリヤさんの放った最後の一矢が、空中にいるゴーストに刺さる瞬間——私はジャンプして、その矢を——叩(たた)き落とした。

「「へ？」」

そして——

『ゲーム終了。課題失敗、王と王妃が起動する』

「シャーロット〜なにやってんの‼」

「シャーロット様〜〜なんで〜〜」

アッシュさんもリリヤさんも、これまでにないくらい取り乱している。

「えっ、アッシュさんの望みを叶えてあげようかと？　格上の魔物で、ミスリルの剣の斬れ味を確認したいんでしょ？　ちょうどいい相手じゃないですか？」

「いやいやいや、格上すぎるよ‼　それに巨体すぎるよ‼」

私が何を言っているのか、アッシュさんも理解したのだろう。私の提案を猛烈に否定している。リリヤさんも、激しく首を縦に振っている。

「もう遅いです。ミノタウルスの王妃の石像に関しては、私が破壊しますので、お二人はミノタウルスの王の石像を破壊してください」

今まさに、二体の像が動き出した。

「「うわあ〜〜動いてる〜〜」」

ミノタウルスの石像たちはズンズンと大きな音を立てて、こちらに歩き出した。

お二人とも、覚悟を決めて戦ってくださいね。

〇〇〇

この六メートルの巨体、私の新技を試す絶好の相手だ。材質は石だから、木っ端微塵になっても、ネーベリックのときのようなことにはならない。さあ、実験の時間だ。

まずはミノタウルスの石像を構造解析だ。……よし、次は解析データからあるものを検

索する。……うん、数値がわかった。ふふふ、用意が整ったよ。あとは実行あるのみ‼

私は風魔法フライで、ミノタウルスの石像の腹部あたりまで飛んだ。そして――

「ブモ？（え？）」

パンパンパンパンパンパンパンパンパンパンパンパンと、石像のお腹をパンチし続けた。アッシュさんもリリヤさんももう一体の石像も、私が何をしたいのか理解できないのだろう。全員が、私に注目している。そして乾いたパンチの音が、パンパンパンパンパンと鳴り響く。

「ブモブモ、ブブモモモ、ブモンブモン（おい相棒、こいつ弱いぞ、効かん効かん）」

「シャーロット、何をやってるの？　君のパンチは効かないよ‼」

「ブモ、ブモ（お前、死ね）」

ミノタウルスの王妃の石像が、巨大なバトルアックスを振り上げた瞬間――バアアアアアアアアアーーーーーーーーンという音が鳴り響き、石像が木っ端微塵となった。

よし、実験成功‼　音もいける‼　私がパンチし続けた攻撃は、新技〝共振破壊〟だ。

物質には、固有振動数というものが存在する。外部から物質と同じ固有振動数を与え続けることで、物質の中の振動がどんどん大きくなり、ある一定のところで破壊される。この現象が、共振破壊だ。

以前のダンジョンで、力を制御できず壁に激突したとき、大きな振動を与えた。そこで今回、力999を両拳に込め、石像を殴り続けたのだ。そして、石像が持つ固有振動数と一致するパンチの振動数を『構造解析』で探測する。振動数が一致したら、あとは同じ威力で高速に殴り続けるだけだ。

石像が破壊されるまでの一分間、私はずっとその作業を続けていた。アッシュさんやリリヤさんから見れば、ただ叩いているだけにしか見えないだろう。

はじめての試みだったから、『構造解析』を十回もやってしまった。はじめは、私の頭の処理速度が追いついていかなかったけど、二十秒くらいで慣れてきて、そこから楽になった。多分、頭の処理速度を軽減してくれる新たなスキルを取得したのだろう。これからは、普通の魔物にも試していき、もっと慣れていこう。

アッシュさんやリリヤさん、もう一体の石像を見ると、こちらを凝視し固まっていた。

「そんな……軽いパンチを打ち続けただけで、石像が木っ端微塵になった？」

「新技〝共振破壊〟、炸裂です」

「『共振破壊？』」

「ブモモブモモ、ブブモモモモ…（俺の相棒が、俺も一瞬で…）」

あ、残り一体が勘違いしている。だから、教えてあげよう。

「あなたの相手は、こっちの二人だよ。私は支援魔法を使用するだけで、何もしないよ」

「ブ、ブンモモ？（え、本当に？）」

「本当だよ。私のことは気にせず、戦いなさい」

「ブッモー（ラッキー）」

今のアッシュさんとリリヤさんが力を最大限に発揮すれば勝てると思う。今回ははじめてのCランク、格上との対戦だ。

「二人とも頑張ってください……クイック、プロテクション、アソルト。支援魔法を使用しました。これで、なんとかなるはずです」

敏捷、防御、攻撃の数値を一時的に増加してくれる支援魔法だ。さあ、覚悟を決めて戦ってください。

二人の身体が、支援魔法によって淡く輝いている。この淡い光の持続時間は、約十分。もし倒せない場合でも、私が全力で守りますからね。

「ああ、もう‼　やってやるよ。リリヤと同じように、僕も新たな剣技を思いついた。全力でやってやる。リリヤ、君は後方から援護してくれ」

「……はい」

戦いが始まった。アッシュさんが全力で石像に向かっていき、石像の方は右手のバトルアックスを振り上げ、アッシュさん目がけて振り下ろした。おお、立ち位置を移動したリリヤさんが、雷属性付与した矢を右腕関節付近に射って、軌道を逸らした。そして、ドーーーンという激突音とともに、バトルアックスが地面に刺さった。

「いい援護だ、リリヤ‼　おい石像、今の僕たちではお前と普通に戦っても、勝ち目は薄い。だから、この一撃に全てを込める‼」

アッシュさんの身体とミスリルの剣に、雷属性が付与された。特にミスリルの剣には、雷属性の魔力がどんどん蓄積されていくことで、剣の周囲で雷が迸っている。アッシュさんは、地面に刺さったままのバトルアックスに乗り、そのまま右腕を駆け上がっていく。そして、肩付近に到達したと思ったら、そこから『身体強化』を発動させて、天井近くまでジャンプした。

「ブモ。ブブブモ、ブブモモモモ。ブモ（笑止。空中では自由に動けん。死ね）」

「弓技――トルネードアロー」

石像がバトルアックスを地面から引き抜こうとした瞬間、風属性が付与され高速回転となったワイバーンの矢が、石像の右人差し指第一関節付近に刺さり、貫通した。

「ブ、ブモモ（く、指が）」

人差し指の先端が砕けたことで、石像の動きが止まった。

「くらえーーー剣技――ライトニングブレイカー‼」

凄い。雷属性の魔力をミスリルの剣に集束させることで、剣の斬れ味が数倍に増している。アッシュさんの剣が石像の頭のど真ん中を斬り裂く。でも、さすがはCランク、石像自体も『身体強化』を最大限に発動させたことで、剣の勢いが殺されていく。

「ブモン（負けん）」

アッシュさんが『身体強化』と属性付与の局所集約を扱えていたら、この一撃で決まっていただろう。このままでは……ああ、ミスリルの剣に付与された雷の力が弱まっている。

「アッシュ様、私を信じて。そのまま躊躇せず、斬り裂いていって!!」

「リリヤ……わかった!!」

「いけえ～雷矢集束!!」

放たれた十本の雷の矢が、一つにまとまった!? それが石像の鳩尾付近に刺さったと同時に、そこにアッシュさんの剣が到達し――ミスリルの剣が強く輝いた!! リリヤさんの雷を吸収しているの!?

「これなら……うおおぉぉぉぉーーーーーー!!」

「ブ、ブモーーーー（う、くそーーーー）」

ミノタウルスの石像が、真っ二つに斬り裂かれた。そして、ズウウゥゥゥーーーンと崩れ落ち、消えた。残っているのは、二振りの巨大なバトルアックスだけとなった。

「やった、やったぞーーーー。僕とリリヤだけで、Cランクを倒せたーーーー」

「私は援護しただけです」

「何言ってるの？ シャーロットから教わった『身体強化』と属性付与、このミスリルの剣、リリヤの援護、この三つがなかったら、僕は間違いなく死んでいた。リリヤからの最後の一撃、あれがあったからこそ、やつを斬れたんだ。もっと自分に自信を持つんだ‼」

「自分に自信……」

「リリヤさん、アッシュさんの言う通りです。あなたもアッシュさんも、確実に強くなっています。自分に自信を持ってください」

リリヤさんは、自分の両手を見ている。自分が強くなっていることを実感しているのかな。

「こんなに……必死になったのは……久しぶりです。嬉しい……凄く嬉しいです。ありがとう……アッシュ様、シャーロット様、ありがとう」

リリヤさんの笑顔が可愛い。アッシュさんも、顔が真っ赤だ。

『王と王妃の撃破、おめでとう。君たちはDランクにもかかわらず、Cランクの魔物を撃破した。よって、五つあるアイテムから好きなものを一つずつ選ぶといい』

そう聞こえた後、五つの宝箱が私たちの目の前に現れた。

「アッシュさん、リリヤさん、早速確認しましょう‼」

五つの宝箱を開けると、中には貴重な品々があった。

(一) 転移トラップ魔石　五セット
(二) スキルカード【縮地】　一セット

三）三人の冒険者カードをCランクにアップ
四）マジックポーション　二十本
五）ミスリルの屑(くず)　二十キロ

Cランクを倒しただけなのに、結構豪華な賞品なんですけど⁉　このスキルカードというのも、イミアさんから聞いている。ダンジョンの宝箱に入っているもので、スキルカードに触れるとステータス欄が開き、カードに記載されているスキルを入手するか問われる。ここで「はい」と答えると、そのまま無条件でスキルを習得できるのだ。

「ええーー‼　このスキルカード、足技スキルの『縮地』じゃないか‼」

「そのスキルは、すぐに習得できないのですか？」

「『縮地』スキルは、相当な鍛錬を積んだものだけが習得できると言われているんだ。これは……欲しい‼」

相当な鍛錬……アッシュさんが入手したとしても、きちんと制御できるのだろうか？　私の望む賞品は、『転移トラップ魔石』と『ミスリルの屑(くず)』のどちらかだ。この五つの賞品、ガーランド様か精霊様が、私たち専用として用意したものだろう。今の私にとって、欲しいものばかりだ。

「リリヤさん、欲しい賞品はありますか？」

「特にないです。強いて言えば、Cランクにアップでしょうか？」

「リリヤ、それはやめておこう。きちんと正規の方法で攻略してから、Cランクになろう。焦る必要はないよ」

「……はい」

あ、リリヤさん、また微笑んだ。この笑顔は反則的に可愛いね。

「そうなると、『転移トラップ魔石』と『ミスリルの屑』を選んでいいですか？」

「ミスリルの屑、必要かな？」

「ふふふ、次のセーフティーエリアで見せてあげましょう」

「普通、マジックポーションの方を選択するんだけど、シャーロットの笑みも気になる」

結局、私たちは『転移トラップ魔石』『縮地』『ミスリルの屑』を選択した。これ以上は何もなさそうなので、先に進もうと周囲を見渡せば、玉座の反対側にある扉が開いていた。

「シャーロット、リリヤ、先に進もうか」

あ、忘れるところだった。アレを回収しておこう。

「アッシュさん、リリヤさん、ちょっと待ってください。この二つの巨大バトルアックスは、石ではなく、鋼鉄製のようです。このまま放置するのももったいないので、マジックバッグに入れておきます」

「「は!?」」

「シャーロット、いくらなんでも大きすぎて、誰も使わないよ。それに買い取ってもらえないかもしれない」

「そのときは、どこかのダンジョンで廃棄します」

この巨大バトルアックスも、ある意味レアアイテムだと思う。高値で買い取ってくれる店を探そう。

「まあ、バッグに余裕があるのならいいけど……」

「やった‼ ありがとうございます。早速、収納しておきます」

私の魔力量は1000を超えているから、まだまだ余裕で入る。巨大バトルアックスが、すんなり小さなマジックバッグに入っていった。

「……アッシュ様……シャーロット様の考えを理解できません」

「あはは、僕もだよ」

「さあ、部屋の外へ出ましょう」

バトルアックスを回収するのは、おかしな考えに該当するのだろうか？

大広間を出ると、そこは一本道になっていた。なぜか魔物もいないし、罠もまったくなかった。そして、三十メートルほど歩いたところで行き止まりとなっていた。

「おかしいな？ 一本道だから迷いようがないし、一度引き返してみるか？」

あれ？ あの壁だけ、色が他のものよりくすんでいる？

「アッシュさん、あの壁が怪しいです」

「確かに色が違う。何かあるのかな？」

三人で壁を弄ると——ガターーーン‼

なんと、私たちが立っている床が後ろに二十度くらい傾いた。そして、なぜか床の隙間から大量の水が流れてきた‼

「うおおぉぉぉおーーーー、なんだこの罠は‼　踏ん張れない、どんどん滑り落ちていく」

このまま滑り落ちると、さっきの大部屋に逆戻りだけど……まだ何かありそうな気がする。

「アッシュ様、シャーロット様、扉の先がおかしいです‼」

リリヤさんに言われて、今来た方を確認すると、扉の先は大部屋があったはずなのに、今は真っ暗で何も見えない。角度がついたことで、別のところにつながったみたいだね。

「ええ、真っ暗⁉」

私たちはなすすべなく、暗闇に突入した。すると——

「部屋じゃない‼　どんどん滑り落ちている。しかも、ところどころカーブしていて、かなり怖いぞーー」

「おおおーーーー、この感覚は俗にいうウォータースライダーですねーーーーーー。速度もあるし、かなり面白いですよーーーーー」

「ウォータースライダーって何～～？　速度が速くなってきたーーーー」

　この爽快感は久しぶりだ。

「あははは、面白～～い‼　簡単に言うと、超長い滑り台で～～す。水が流れることで摩擦も軽減されて、かなりの速度が出ますよーーーー」

「それがこれかーーーー」

「いやあああぁぁ～～」

　あ、『罠察知』が反応した。

「アッシュさん、かなり先に転移トラップがあります」

「僕にもわかるけど、この状況で取れるかーーー」

「大丈夫です」

　私は転移トラップに到達する五メートルほど前で、新たなスキル『マジックハンド』を用いてスライダーについている転移トラップ魔石を引き剥がしつつ、発動させた。

19話　白狐童子、現る

　転移先は、どこかの平原だった。ただ、ウォータースライダーを滑りながら転移したことで、私たちは落下速度を維持したままだった。その結果――

「「「ふべらーーー」」」

凄い勢いで、平原を転げ回ることになった。

「イタタ、ひどい目にあった。まさか、滑りつつ転移するとは思わなかった。ここは、地上の平原？　おかしいな、そんなエリアは存在しないはず」

「アッシュ様、少し先に村らしきものがあります」

「本当だ。とりあえず、あの村に行ってみよう」

ステータスでは、地下六階になってる。転移魔石は……あった。これで七セット手に入ったね。

「アッシュさん、ここは地下六階です。多分、幻惑エリアですよ」

「あ、そうか。幻惑エリアなら、この空の色合いや太陽の日差しも納得だよ。誰の記憶をもとに、再現しているんだろうか？　シャーロットの実家……じゃないよね。公爵令嬢と言っていたし、領都に住んでいるんだから」

「私も……知りません……多分」

リリヤさんは記憶喪失だから、仕方ないよ。私たち以外の冒険者もいるはずだから、その中の誰かの記憶かもしれない。

私たちは村を目指して歩を進めていくと、少しずつ雲行きが怪しくなってきた。

「アッシュ様、気温が下がってきています。雨か雪が降るかもしれません」

まさかとは思うけど……

「アッシュさん、羽毛のコートを着用しましょう。もしかしたら、ホワイトアウトかも？」

「ありうる。あの罠は、どのエリアにも設置されているからね。あそこに家が見えているから、天候が収まるまで待機しておこう」

私たちがコートを着用すると、予想通り雪が降ってきた。そして風も出てきて、どちらも勢いがどんどん増していき、三分後には視界ゼロのホワイトアウトとなった。

「これが、ホワイトアウトの罠か。たった数分で、天候が激変したぞ」

二十度くらいだった気温が、零下五度にまで下がった。風速も十五メートルくらいあるんじゃないかな。この罠で怖いのは、視界ゼロによる方向感覚の麻痺と、急激な気温低下によって起こる低体温症だ。でも、魔法が使える世界では、ある程度の対応策がある。

「アースウォール」

私は両脇に三メートルほどの土壁を設置した。ホワイトアウト前に、民家がどこにあるのか確認しているので、そこまで一直線に土壁を伸ばしていった。

「そうか、アースウォールを風除けにしたのか。民家まで道を作るとは……シャーロットの適応力が凄いよ。僕も見習わないといけない」

「現在、魔鬼族は魔法を使えませんからね。こういうときには、私がフォローしないと」

私たちは土壁の道をゆっくり進んでいき、十分くらいで目的の民家に辿り着いた。見た感じ、江戸時代とかにあったような普通の古民家だね。玄関から入ると、中の家は地上と同じ作りになっていた。靴を脱ぎ、居間となる八畳ほどの広さの部屋へ進む。

「もしかしたら、家の中はセーフティーエリアかもしれない」

「魔物の気配も感じませんし、休憩できそうです」

「あれ？　リリヤ、服が少し破けてるぞ」

リリヤさんを見ると、服のお腹周りや腕の部分などが、少し破けていた。

「……替えがありません。このままでいいです」

元々リリヤさんの服は少しボロかったからね。ダンジョンに行く前に新調しておこうか迷ったけど、コートを買ったこともあり、予算が金貨二枚くらいしかなくて断念したのだ。

「私がここで一着作りましょう‼」

「「は⁉」」

「ミスリルの屑もありますし、リリヤさん用の服と新たな武器くらいなら製作可能です」

「「ミスリルの屑で⁉」」

そこまで素っ頓狂な声を上げることはないでしょうに。リリヤさんも、どんどん素が出ている気がする。

「シャーロット、本気？」

「アッシュさん、本気ですよ。あのときの言葉を証明してあげましょう」

リリヤさんは日本人に近い顔立ちをしているから、黒を基調にした着物とかが似合いそうだ。着物の作り方はわからないから、上着は着物っぽく、下は短パンにしよう。

武器に関しては、弓矢が最適だ。でも、普通の弓では味気ないよね。和弓より洋弓の方が飛距離も出るし、コンパウンドボウを製作しよう。

私たちの服を乾かしてから、リリヤさん用の武器防具の製作開始だ‼

〇〇〇

リリヤさんの服と弓矢に関しては、二時間くらいで完成した。もっと時間を要するかなと思ったけど、『並列思考』などの新規スキルを取得したからか、凄く捗った。でも、はりきって製作したのはいいけど、でき上がったものが最強すぎた。あと、なぜか聞いたこともない金属名が記載されていた。

ホワイトメタルの簡易着物

超硬度ミスリルナノチューブで編み上げられた、黒を基調とした簡易着物で、硬度はオリハルコンに匹敵する。また、シャーロットが服に闇属性を付加したことで、受ける魔法

攻撃を半減させる効果がある

ホワイトコンパウンドボウ（×一）、ホワイトアロウ（×百）

超硬度ミスリルナノチューブを材料としているため、最大五百メートルの遠距離攻撃が可能。ただし、敵との距離が遠ければ遠いほど、命中率が下がる。補うには『狙撃』、『風読み』、『先読み』、『心眼』スキルなどが必要

金属の名称に関しては、ガーランド様が変更してくれたのかな。ミスリルの屑自体が白銀だから、ホワイトメタルになったのかもね。

「アッシュさん、リリヤさん、完成です。渾身の作品ですよ」

「あの屑が……こんな綺麗な服と弓に……ありえないだろ。こんな技術、学園でも習ってない」

「アッシュ様、硬度が……オリハルコンと同じだって……私、弱いのに、こんなの扱えません」

二人のこの反応……やばい。やっぱり、実家の方でも騒がれているんじゃないかな？

「オリハルコンと……同じ……シャーロット、この技術を誰かに見せた？」

「この大陸では、お二人がはじめてです」

「「絶対に他の人に教えちゃダメ‼」」

二人が真剣な顔でそこまで言うとは……当分の間、誰かに話すのは控えよう。結局リリヤさんは、ホワイトメタルの服は着ることにしたけど、弓矢に関しては弓だけを使うことにした。ワイバーンの骨や鉄で作られた矢を使用すれば、攻撃力もそこまで上がらないだろうとの判断だ。

外に出ると、ホワイトアウトの罠は停止し、天候が晴れに戻っていた。まだ午前十一時だし、もう少し幻惑エリアを探索しよう。

「へえ、のどかな村だな。幻惑エリアは、誰かのトラウマを呼び起こすと言われているけど、至って平和だ。このまま、何も起こらないことを祈るよ」

アッシュさん、そういうセリフがフラグになるんですよ。

「……ここは……痛っ、頭が‼」

「リリヤ⁉　大丈夫か？」

まさかとは思うけど、リリヤさんの出身地じゃないよね？　ここは村の入口近くだし、どこかに目印の看板があるかもしれない。

周囲を見渡すと……あった。お願いだから、ロッカク村ではありませんように。恐る恐る看板を見ると――

『ここは、ロッカク村。宿屋は道沿いにあります。気軽に観光していってください』

「だあぁぁーーーやっぱりかーーーー」

「え、シャーロット、どういうこと⁉」

「アッシュさん、やばいです。ここは、リリヤさんの出身地です‼」

「なにいいいぃぃぃぃーーーー」

リリヤさんを見ると、身体が痙攣していた。

「リリヤ、さっきの家に戻ろう。一旦、落ち着くんだ」

ホワイトアウトしていて、村の全貌が見えなかったんだ。だからリリヤさんも、ここまでは平気だったのか。

「ああ、あああああ、いやだ、いやだ、ここは、ここは嫌だーーーーーーーーーー‼」

リリヤさんの絶叫が、周囲に響き渡った。

「あ、リリヤの瞳と髪の色が、あのときと同じだ」

『鬼神変化』の暴走が始まったか⁉　魔力が、どんどん膨れ上がっている。魔力だけじゃなく、リリヤさんの姿も地下一階で見たときと同じく、変化が始まった。あのときはすぐ落ち着いたから、変化も途中で終わったけど、今度は完全に白狐童子になりそうだ。

「『鬼神変化』スキルの暴走ですね。いつか白狐童子と話し合おうと思っていましたが、いい機会です。ここで話し合いましょう」

「魔力が……やっぱり、ネーベリックと同じくらいだ。僕の身体が震えている」

リリヤさんの姿が、どんどん変化していく。お尻から、九本の銀色の尻尾が出てきた。髪の毛も茶から銀色へ、瞳が赤から紫へ変化した。これが白狐童子……まるで、妖狐のようだ。強さは、ネーベリックと同格かな。

「はあああぁぁーーーー、リリヤのやつ、村を見ただけで取り乱すとは、まだまだ弱い」

――凄い威圧感だ。声色が、リリヤさんのときより大人っぽく感じる。

「君が、裏人格の白狐童子だね？」

アッシュさん、唇を噛むことで、身体の震えを止めたか。

「そうだ。お前が、新たなリリヤの主人、アッシュだな？」

「ああ」

「ちょうどいい。ここは幻惑エリアの村の中だ。私の魔力を感じ取ったのか、周囲にいた冒険者どもは気絶した。アッシュ、私と戦え‼　お前が、リリヤと私の主人として相応しいか、この場でテストしてやる」

白狐童子、かなりの上から目線で強気だね。ここまで、アッシュさんはリリヤさんを大切に扱ってきたと思う。でも、主人であるアッシュさんが弱ければ、リリヤさんも遠からず死んでしまうだろう。だからこそ、ここで確かめる気なんだ。

あと白狐童子は、私のことを気にかけている。彼女自身、私の強さをリリヤさんの中から見てきたはずだ。

「アッシュさん、私は後方で待機します。あなた一人の力で、白狐童子を納得させてください」

「ああ、わかってる。ここで、シャーロットに頼るわけにはいかない。白狐童子、勝負だ‼」

　アッシュさんと白狐童子の戦い、力量的に見れば、白狐童子が絶対に勝つだろう。アッシュさんが、リリヤさんでもある彼女とどうやって戦うのか、彼の精神面が試されるね。

〇〇〇

　アッシュさんは、白狐童子から一定の距離を置いている。勝負が始まる前に、回復魔法を唱えておこう。

「リジェネレーション」

「シャーロット、なんで回復魔法を？」

「白狐童子の稼働時間は三分です。それ以上戦ってしまうと、リリヤさんの身体が保たないのです。このリジェネレーションのサークルの圏内ならば、二人の体力が徐々に回復していくので、稼働時間も延びるでしょう」

「そうか……ありがとう」

効果範囲は、アッシュさんを中心とする半径三十メートル以内でいいよね。この魔法を使用しても、十五分くらいが限界かな？　白狐童子は私を見て、フッと笑った。

「アッシュよ、剣を使わないのか？」

「君は武器を持っていない。ならば、僕も体術だけで戦う」

ホワイトコンパウンドボウは、地面に置かれている。彼女は近接戦闘タイプか。

「リリヤの『魔力具現化』スキルが低いこともあって、私専用の武器をまだ具現化できていない。そんな私に対して、お前は正々堂々と勝負を挑む……か」

「君が、僕を認めてくれるまで戦うぞ‼」

絶対に勝てないことは、アッシュさん自身もわかっている。現状の力を全て出し切って、白狐童子を納得させるしかない。でも、力量差がありすぎるせいで、アッシュさんも勇気ある一歩を踏み出せないでいる。

「来ないのか？　なら、こちらからいくぞ」

白狐童子が、アッシュさん目がけて突進した。速度が速いから、アッシュさんは気づいてない。

「え、消えた？　……グハ‼」

アッシュさんが、腹に一撃もらってしまった。

「……いつの間に」

「私は、半分の力も出していないぞ？　まさか、この一発で終わりか？」

「くそ、負けるか‼」

ああ、闇雲に振り回してもダメだ。相手のペースに呑まれちゃダメだ。アッシュさんの単調な攻撃は簡単に回避され、白狐童子から次々と反撃が繰り出されていく。まずいよ。アッシュさんは、白狐童子の打撃を何発ももらっている。手加減されているとはいえ、このままでは……

「弱いな。一分足らずで、そのザマか」

「はあはあ、なんで当たらないんだ。くそーーーーー」

アッシュさんがフラフラの状態でなおも動こうとした瞬間、ダンジョン全体が震えるほどの轟音が、バアアアァァァーーーーンと鳴り響いた。アッシュさんの目を覚まさせるため、私が柏手を打ったのだ。

「え……シャーロット？」

私は、視線だけでアッシュさんに訴えた。

「ただの柏手だけで、この音量……やはり」

「シャーロット、ありがとう。目が覚めたよ。白狐童子、ここからだ‼」

アッシュさんが、『身体強化』と雷の属性付与を使った。やっと理解してくれたよ。肉体だけで挑むのは自殺行為だからね。

「ほお～、来い」

「はあーーー」

よし、動きが格段によくなった。でも……

「それで終わりか？」

白狐童子がアッシュさんのパンチを右手で受け止めた。

「まさか……リリヤは僕の奴隷だ。でも、かけがえのない仲間でもあるんだ。あの子に相応しい主人に……仲間になるためにも、僕は自分の限界を超えてやる!! だあぁぁぁーーー」

アッシュさん、身体全体に火と雷の多重属性付与を行うなんて……それは教えてない技だ。いずれ気づくとは思ったけど、ここで発動させるとは。強化率が大幅に上がる分、身体には相当な負荷がかかっているはずだ。

「くそ、これでも当たらないのか!! ならば」

げ!? 今度は『身体強化』の力を両手両足に集中させて、しかも両足に雷属性、両手に火属性を付与させている。

「なに!?」

アッシュさん、必死だ。それだけリリヤさんに対する思いが強いんだ。その思いが恋愛感情なのかは別として、リリヤさんのことを大切に思っているんだね。

「はあああぁぁぁーーー」

「ち、ここまでとは……」

「まだだ⁉　これでーーーー」

あ、アッシュさんの一撃が、白狐童子の顔面に入った。

「こいつ……瞬間的に全ての属性と身体強化の力を右手に集めたのか⁉　私に一撃入れるとはな……見事だ。お前を主人と認めてやる」

「やっ……た」

アッシュさんが地面に崩れ落ちた。身体に負荷をかけすぎて、筋肉繊維がボロボロになってるから当然だよ。しかも最後の一撃、右手に全ての力を集めたせいで、骨が砕けてる。

アッシュさんはかなり無茶したけど、その思いの強さは白狐童子に伝わったよ。私は、風魔法ウィンドシールドでアッシュさんを囲い、フライで古民家の壁際に移動させた。

「白狐童子、アッシュさんの最後の一撃、『身体強化』で防御したね」

「一瞬、寒気を感じた。『身体強化』を使わなければ、リリヤの顔が傷ついていた」

「そうだね。アッシュさん、逸材でしょ？」

「ああ、底が見えない。ただし、私はアッシュを主人と認めるが、リリヤ自身は認めない。もう一人の私は弱い。故郷を見ただけで、あのザマだ。村人の一部を殺したのは、私たちだ。それを知っているにもかかわらず、記憶に蓋をしている。あいつが弱いままなら、私が表に、リリヤが裏になってもらう」

確かに今のリリヤさんの力では、白狐童子と分かり合うことは無理だろう。

「今は無理でも、彼女もアッシュさんと同じく、強くなっていくよ。彼女の心が、少しずつ回復してきているからね」

「……まあな。シャーロット、私と勝負しろ」

また、唐突に話題を変えたな。

「なんで？」

「私自身が全力を出したいからだ。目覚めてから、未だに全力を出したことがない。ネーベリックとかいう化物は、村に来なかった。シャーロットならば、全力を出しても問題ない。私と勝負しろ」

全力か。私も実戦では出していない。白狐童子と戦うのも面白いかもね。

「いいよ、戦おうか」

あと八分くらいは、形態を維持できるはずだ。彼女の願いを聞いてあげよう。

20話　真の仲間

今回の戦いの目的は、互いの力を知ることだ。だから、『ダークコーティング』をオフにしておこう。私と白狐童子は、向かい合っている。距離は十メートル弱。まずは小手調(こてしら)べだ。

「指弾」

私が連続して指弾を放つと、白狐童子は身体をほとんど動かすことなく、楽々と回避した。

「おお‼　最小限の動きでの回避、凄(すご)いね」

「指の動きを見れば、たとえ見えなくとも反応できる」

それ、わかっていても、普通できないからね。

「リリヤの中で、シャーロットの戦い方は把握(はあく)した。私も全力でいく‼」

あ、全力で私に突進してきた。接近戦ならば受けて立ちたいところだけど、『内部破壊』と『共振破壊』はどちらも防御無視の攻撃で、白狐童子を殺す危険性大だ。しかも動きが結構速いから、攻撃を当てにくい。

白狐童子は、『身体強化』と属性付与の両方を使うことで、私の基本ステータスにかなり近づけているんだ。私も、負けていられない。レドルカの忠告通り、『身体強化』と属性付与を使わせてもらうよ。

白狐童子は、体術で私を追い詰める気か。

……動きが洗練されていて、これはリリヤさんじゃない。この動きは達人レベルだよ。リリヤさんのスキルレベルは低いんだけどな。

「さすがだ。素人の動きだが、私の攻撃を全て回避か防御できている」

白狐童子の攻撃は、かなり速い。回避しきれない攻撃に関しては、防御するしかない。

「体術スキルは持ってないけど、身体が反応してくれている」

「スキルなしで、この動きか……」

白狐童子は、何を考えているのだろうか？　さっきから、ぶつぶつ呟いている。隙ありだ‼

「ほっ‼」

「げあ〜、馬鹿な‼　攻撃力が0のはずなのに⁉」

私のボディーブローをもろに食らって吹っ飛んだけど、ダウンはしてない。辛うじて立っている。

「甘い。直接攻撃力が0でも、間接攻撃は可能だよ。パンチ使用時に、敏捷の力を加えれば、ただの拳も凶器となる」

「く……拳圧か。たった一発の拳圧で、ここまでのダメージを……」

「私は、自分の強さに酔ったりしないよ。むしろ、勉強しなければいけないことが、まだまだたくさんあるからね。どんな相手であろうとも、油断しない。この大陸ではじめての友達となってくれたザウルス族のレドルカが、私に忠告してくれた。私は、人の忠告を無下にしない」

あと数発当てたら、白狐童子も倒れるだろう。どう来るかな？

「リリヤと私は全属性だが、私の場合、特に風属性を得意としている。この攻撃を受けてみろ」

白狐童子が飛んで、空中で浮遊した。そんなこともできるの!? む、身体全体に付与させた風属性の魔力を両手に集めている。

「はああ、『風刃散波』」

風の刃が数百発のマシンガンとなって、私に向かってきた。これは魔法ではなく、スキルだ。風の魔力を両腕に圧縮させて、高速で振り下ろすことで、高威力のカマイタチとなっているんだ。どう対応しようか？ こういった攻撃なら、『ダークコーティング』を使用してもいいよね。

「その程度の威力では、私の防御スキルを突破できないよ」

風の刃全てが、『ダークコーティング』の効果により霧散する。

「ち、やはり無理か。ならば‼　はあ～」

風の魔力が、白狐童子の両拳にどんどん圧縮されている‼　圧縮量が、さっきの比ではない。あれは、『ダークコーティング』では防げない。

「この技をどう防ぐ‼　――螺旋風刃波」

両拳をコークスクリューブローのように捻ったことで、二つの竜巻が発生した⁉　しかも、それらが合体して、超特大の竜巻になったよ‼

「甘いよ。ブラックホール」

こっちも、『ダークコーティング』を圧縮させて応戦だ。私は、ブラックホールを螺旋風刃波に向けて射出した。二つの魔力が激しくぶつかり、轟音が響く。

「馬鹿な⁉　あんな小さな黒い球が、私の風刃を侵食していくだと⁉」

「ブラックホールは、どんどん侵食して、あなたの風刃を食い尽くしていくよ」

「く……全力でやっても、ここまで差があるとは……」

巨大な螺旋風刃波がブラックホールによって掻き消された。そろそろ白狐童子の稼働限界か。

「ぐ……くそ、面白くなってきたのに……ここまでか」

白狐童子はふらつきながら、地上に下りてきた。

「白狐童子、ありがとう。あなたのおかげで、私はまだまだ強くなれることがわかったよ」

「今でも十分強いのに……やはり、あなたは私の――盟主（めいしゅ）に相応（ふさわ）しい……」

あ、そのまま眠ってしまった。最後、何て言ったの？　小声すぎて聞き取れなかったよ。この戦いは、私も楽しかった。多分、六十パーセントくらいの力を出したと思う。さあ、リリヤさんとアッシュさんをさっきの古民家に運んで休憩（きゅうけい）しよう。

〇〇〇

アッシュさんを完全回復させるのに一時間半、リリヤさんを完全回復させるのに一時間かかってしまった。現在、私たちはあの古民家の居間で、向かい合って座っている。

「シャーロットと白狐童子の戦いを見たけど、白狐童子の一連の攻撃がまったく見えなかった。シャーロットが、それを平然と回避しているのも驚いたよ。シャーロットの強さなら、ネーベリックを倒せたのも頷（うなず）ける。最後の白狐童子の攻撃、あれが地上に炸裂（さくれつ）していたら、僕は余波（よは）だけで死んでたと思う。もっと強くなりたいと、心の底から思った」

「アッシュさんは、自分の限界を超えて、また一つ強くなりましたよ。最後の一撃、白狐童子も驚いてました。彼女が『身体強化』を使わなければ、リリヤさんの鼻が折れてたかもです」

「え、本当に？」

「あの最後の一撃で、アッシュさんは主人として認められたのです」

あのとき、白狐童子も本当に焦っていた。リリヤさんは白狐童子の身体の中で、私やアッシュさんの戦いを見ていたかな？

「アッシュ様、シャーロット様、申し訳ありませんでした。私が取り乱したばっかりに、白狐童子が表に出てきてしまい、お二人にご迷惑をかけてしまいました」

「リリヤ、もしかして身体の中から、僕たちの戦いを見ていた？」

「あの戦いは、はっきりと覚えています。私は白狐童子に、『アッシュ様を殺さないで』と必死に懇願しました。返ってきた答えが……『意識があるのか？　やはり、お前も少しずつ成長している。あのアッシュとかいう小僧、面白い。お前は中で見ていろ』です」

白狐童子も、ここまでの過程を身体の中から見ていたと言っていた。元々アッシュさんのことを認めつつあったのか。あとは、自らがアッシュさんと戦い、主人として相応しいのかを確認したんだね。

「アッシュ様とシャーロット様のおかげで、人格が入れ替わった状態でも、意識を保つことができました。白狐童子も、そんな私に驚いていました。……私は、もう過去から逃げたくありません。この村の光景をしっかりと見ておきます。そして、白狐童子と向かい合い、話し合っていきます」

うんうん、いい傾向だ。白狐童子もアッシュさんのことを主人と認めたし、あとは時間の経過とともに、『冒険者殺し』という通り名も忘れ去られるだろう。

「それじゃあ完全回復したことだし、幻惑エリアであるこの村の探索を再開しようか」

「「はい」」

リリヤさんは意を決して、古民家の外に出た。私とアッシュさんは、そんなリリヤさんに続いた。多少身体が震えているけど、目を逸らさず村の光景を見ているようだ。ここでの探索は、問題なさそうだね。

白狐童子との戦いは村の入口で行ったためか、村への被害は少ない。というか、被害があったけど幻惑なので修繕されたのかもしれない。改めてリリヤさんの村を見渡すと、さっきの古民家と似たような家が方々にあり、田畑も耕されていて、のどかで過ごしやすい場所だった。

村のすぐ近くに、木々に覆われた低い山もある。

「あの山、見覚えがあります。多分、里山です。私たちは野生動物たちと共存して、食べ物を分け合い、楽しく暮らしていました」

リリヤさん、失った記憶が少しずつ戻ってきているんだ。

「里山か……リリヤも、野生動物と楽しく暮らしていたんだな」

この村、最終的に魔物によって滅ぼされるんだよね。もしかしたら、その光景も映し出されるかもしれない。アッシュさんも何も言わないけど、そのことを気にしてか、しきりにリリヤさんを見ている。周囲に冒険者と魔物の気配を感じ取れない。私と白狐童子の戦闘で、魔力の大きさも相手に伝わっただろうから、魔物は逃亡し、冒険者は気絶から回復後、エスケープストーンで逃げたのだろう。

しばらく、リリヤさんを先頭に村を散策すると、リリヤさんがある一軒の古民家で止まった。どうしたのかと顔を見ると、リリヤさんの目から一粒の涙がこぼれていた。

「リリヤさん、どうしたんですか？」

「わからない。でも、この感じ……ここ……多分……私の家だと思う」

「「え!?」」

リリヤさんは扉を開け、家の中へと入っていった。私もアッシュさんも、急いで中に入った。中の作りは、さっきの古民家とほぼ同じだ。でも、この家にある家具類が、さっきの家より精密に再現されている。

「あ……ここ……私の生まれ育った家……お父さん…お母さん……みんな」

「シャーロット、これ……まずいぞ」

リリヤさんの記憶が、どんどん鮮明になってきているからかな？　五人の人影が、薄らと現れはじめた。一人は八歳くらいのリリヤさん、二人は二十代後半の男女、多分リリヤさんの両親だろう。残る二人は、私と同じくらいの男女。リリヤさんのお友達かな？　このまま放置すると……この家族団欒の後、リリヤさん以外が凄惨な死に方をするはずだ。

「みんな……みんな……会いたいよ」

しばらく何もせず見ていると、夕食を楽しく食べるリリヤさん一家、友達と一緒に遊ぶリリヤさん、どの映像も凄く楽しそうだった。——ここまでだね。

「幻夢発動」

「「え!?」」

さっきまでいた幻惑の人物たちが、全員消えた。私が幻惑魔法の幻夢で、家の中を上書きしたのだ。

「リリヤさん、ここまでです。一気に思い出すと、膨大な負荷が頭を襲ってしまいます。この後、何が起こるのか、薄々わかっているはず。この続きは現地に行って知った方がいいです」

「うん、シャーロットの意見に賛成だ。リリヤ、少しずつ思い出して、少しずつ強くなっていこう」

「……あ……はい……そうですね。焦らず、少しずつですね」

あ、リリヤさんが笑った。初対面のときよりも、表情が豊かになっているし、警戒心もなくなっているようだ。アッシュさんや私のことを信頼してくれている証拠だ。

「リリヤ」

アッシュさんが、リリヤさんの両手をそっと握った。何か大切なことを言う気かな？

「は……はい‼」

リリヤさんも、急に手を握られ、ドギマギしている。

「君は僕の奴隷でもあるけど、大切な仲間でもある。いつか一緒に君の故郷に行って、きちんと過去に向かい合おう。君は、もう一人じゃない。僕やシャーロットという仲間がいるんだ。僕は、君の裏人格の白狐童子も受け入れる。その覚悟は、さっきの戦いで見せた。だから、君も寂しいときや辛いときがあれば、一人で抱え込まず、僕たちに相談して欲しい。それが……仲間だからね」

「アッシュ……様。……ありがとう……ありがとう」

リリヤさんがアッシュさんに、そっと抱きついた。アッシュさんも拒否せず、リリヤさんを抱きしめている。いい光景だね。

これまでリリヤさんは、裏人格の白狐童子の存在をきちんと把握していなかった。ステータス画面を見ても何も記載されていないから、自分の存在が怖くなっていたはずだ。アッシュさんがリリヤさんの全てを受け入れると言ったことで、不安が氷解したのだろう。

「リリヤ……これからは僕やシャーロットを呼ぶとき、『様』づけしなくていい。普通に話してくれないかな？」

アッシュさん、思い切った発言をするね。でも、私も賛成だ。

「え？　いい……の？」

「僕は平民だ。この年齢で女の子の奴隷を持つと、学園のみんなから嫌われるかもしれない。そういった打算的なこともあるけど、そんなことよりも……僕は……リリヤのことを大切に思っている。奴隷契約で繋がった魔法の鎖は千切りたくない。でもリリヤとは、奴隷ではなく一人の女性として、僕と対等な関係で接していきたいんだ。ダメ……かな？」

これって告白か？　なんか微妙に違うような気もするけど？

リリヤさんと知り合って、まだ一日しか経過していない。でも、私たちはダンジョンに入ったことで、濃密な経験をしてきた。ここまでの経験で、絆が深まったのかな？　リリヤさんは、アッシュさんのこの言葉をどう捉えるかな？　そっとリリヤさんを見ると、顔が真っ赤になっていた。

「わか……った。改めて……よろしく。……アッシュ……シャーロット」

「うん、よろしくね」

「リリヤさん、よろしくです。これで真の仲間ですよ」

リリヤさんは、精神的にも成長したね。『鬼神変化』の制御方法もわかったことだし、アッシュさんと協力していけば、いずれ使いこなすことができるだろう。ここからのダンジョン攻略が、面白くなりそうだ。

21話　地下七階の恐怖

私とアッシュさんは、リリヤさんを真の仲間として迎え入れ、幻惑エリアの攻略を再開した。道中、私が幻惑魔法の幻夢を扱えることを説明すると、二人とも驚いていた。現状の二人では魔法封印により使用不可だけど、今後の冒険に役立つだろうから習得方法を教えておいた。

探索の結果、一時間ほどで地下へ下りる階段を見つけた。外を探索しても、階段らしきものや転移トラップも見つからず、まさかと思い全ての古民家を調べていくと、その中の一軒に次の階層に繫がる階段があったのだ。

「ここは、地下六階だったのか。次が地下七階か……行こう‼」

階段を下りていくと、なにやら奇妙な音が聞こえてきた。

「アッシュ、下からゴオォォーーとかドスウウゥゥーーーンとかいう音が鳴り響いているよ」

リリヤさんは、私たちとタメ口で話すことにすっかり慣れたようだ。もう、完全に素を出している。

「魔物の叫び声とは違うような？　なんだろう？　ゆっくり進もう」

ゆっくり地下七階に辿り着くと、そこは……奇妙な長細い部屋、というより通路だった。

横幅五メートル、奥行二百メートルほどか。ただの通路だったら私たちも喜んでいたけど、一定間隔でとんでもない罠が仕掛けられていた。

その罠というのが、巨大な『船の錨』と『青白い炎』だ。船の錨は、上から下にドスウウゥウゥーーーン、ドスウウゥウゥーーーンと落ちている。落ちたら落ちたで上に引き上げられ、またドスウウゥウゥーーーンだ。

青白い炎――地球の言葉で置き換えるなら、ガスバーナーだね。それが上から下へゴオォォーー、ゴオォォーーと一定間隔で出ているのだ。

まるでアクションゲームだね。

「あの青白い炎、あれはフレイムバーナーだ。あれに触れたら、僕とリリヤは消失するぞ」

あの～私は？　リリヤさんも同じことを思ったのか、チラッとこっちを見た。

「アッシュさん、ここって洞窟エリアになるんですかね？」

「洞窟か塔のどちらかだろうね。もう一つのアレはなんだろうか？」

船の錨を知らない？

「あれは、船を停泊させる際に使用する錨です」

「「アレが船の錨‼」」

あ、そうか‼　ジストニス王国は内陸に位置するから、二人は大きな船を見たことがないんだ。

「あんなものが頭に直撃したら……」

「アッシュ、想像したくないよ」

私も想像してしまった。アクションゲームなら何度でもやり直せるけど、現実で失敗したら、リスタートはできない。

「シャーロットは、怖くないの？」

「リリヤさん、この手の罠には突破口があります。見ててください」

そう、この手の罠を突破するには、落ちてくる罠のタイミングを知らないといけない。罠の数は全部で二十個だ。観察していると、はじめの五個の罠のタイミングが、完全に一致している。つまり、錨と炎が出ない瞬間が数秒あるのだ。『視力拡大』スキルで見ると、奥の罠も、五個ずつタイミングが一致している。それさえ理解していれば……

「罠が飛び出すタイミングを覚えるんです。ほ‼　どうですかーー、ほ！　こんな感じでー、ほ！　走っていくんですーー、ほ！　はい、端に到着！　ほ！　こんな感じで敏捷を最大限利用すれば、罠を突破できます。では、どうぞ‼」

試しに、私が全二百メートルの道程をタイミングよく渡り、最奥の階段まで行った後、引き返してきた。その時間、わずか五秒程度。

「『それができるのは、シャーロットだけだから――!!!』」

そういえば、前世ではじめてアクションゲームをやったとき、何度も死んだ気がする。

とあるゲームでは、無限増殖(ぞうしょく)をしてからクリアしたかな。そういった慣れがないとは言わない。

アッシュさんの両手が、私の両肩にポンと置かれた。

「五秒で突破できるのは、全世界でシャーロットだけだよ。ていうか、わかっててやったでしょ?」

ゆったりとした口調で、ツッコミがきたよ。

「バレちゃいましたか?」

「わかるよ‼ ここに来たのははじめてのはずなのに、なんで攻略方法を知ってるの‼」

「アッシュ、落ち着いて」

おー、アッシュさんとリリヤさんの息が、ぴったりだ。

「う〜ん、なぜと言われると返答に困りますね。強(し)いて言えば、私は冒険に憧(あこが)れていて、時折冒険者の方々からダンジョンの話を聞いていたんです。罠(わな)の話も聞いていたので、突破口をいくつか知っているんですよ。私の場合は、罠(わな)のタイミングを見て普通に走っただけですが、通常の人は『身体強化』スキルと併用(へいよう)して走れば可能となります。アッシュさんの場合なら、『身体強化』と属性付与と『縮地』を併用すれば、一回のダッシュで罠を三個突破できるはずです。リリヤさんは……普通にタイミングを見て一個一個突破するしかありませんね」

この言い訳なら納得するだろう。まさか、『前世でゲームを散々やっていて、攻略法を熟知しています』とは言えないからね。

「うーん、三つのスキルを同時併用か……『縮地』スキルは手に入れたばかりで、練習もしていない。ぶっつけ本番で使用するのは、自殺行為に等しい」

「なんで？　スキルカードで習得したんだから、普通に使えるんじゃ？」

確か、足技スキルは四種類あったよね。

「リリヤ、足技スキルには、『足捌き』、『俊足』、『縮地』、『韋駄天』の四種類があるんだ。スキルカードを使用すれば、僕のように上位スキルである『縮地』を入手できる。でもね、『縮地』を完全制御するには『足捌き』レベル7と『俊足』レベル5が必要なんだよ。通常、かなりの訓練を重ねないと、『縮地』なんて入手できないんだ」

「え、そうなの!?　それじゃあ、スキルカードなんて意味ないよ!!」

何の訓練もしていない人が上位スキルを入手したとしても、いきなり使いこなせるわけがないということか。アッシュさんも、かなり訓練を積んでいるけど、『足捌き』も『俊足』も習得していない。そんな人が『縮地』をいきなり全力発動させれば、両足の全ての筋肉が切れるかもしれない。

「いや、意味はある。通常の方法で『縮地』を習得し発動させるには、最低でも七年かかると言われている。でも、僕のように先にスキルから入手していると、少しずつ練習を重ねていけば、三年ほどで完全制御が可能になるんだ」

「七年が三年、きちんと練習を重ねていけば、そこまで短縮するんだ」

へえ〜、そうなんだ。アッシュさんはわかっていたからこそ、『縮地』を入手したのか。

「今の僕だと、『身体強化』と属性付与を使って、一つか二つずつタイミングを見て越えていくのが妥当かな」

アッシュさん、今の自分の力量をきちんと理解している。

「私も焦らずに、『身体強化』と属性付与を併用しながら、一つずつ進めていくね」

「よし、方針も決まった。一人ずつ罠を越えていこう。まずは、僕が行く。二つ越えた後、リリヤが来るといいよ。シャーロットは最後に来てね」

アッシュさんは、冷静に自分を分析している。私としては——
・リリヤさんと同じで、一つずつ突破していく→最も無難
・『身体強化』と属性付与を身体全体に使用して突破する→今のアッシュさんに合っている
・『身体強化』と属性付与を足に集中させて突破する→一段階強くなるかも
・『縮地』含め三つのスキルを同時併用して突破する→自殺行為

この四通りを考えていたんだけど、やっぱり今の自分に合った方法を選んだか。罠を越えていく順番も妥当だと思う。

「リリヤは、僕の動きを参考にして進んだらいいよ」

「うん、わかった」

「アッシュさん、もしものときは助けますので」

「アッシュ、が……頑張って！」

成功確率はかなり高い。でも、絶対とは言えない。予期せぬ事故が発生した場合は、私が全力で助ける。

「行ってくる」

罠は、錨、フレイムバーナー、錨、フレイムバーナーと交互になっている。アッシュさんはタイミングを見計らい、焦らず着実に二つの罠を越えた。

「リリヤ、タイミングを間違えないようにな」

「うん」

リリヤさんが、錨の罠の前に移動した。

「何……この罠……凄く怖い」

リリヤさんの目の前では、ドスウウゥゥーーーン、ドスウウゥゥーーーンと、巨大な船の錨が、一定のタイミングで落ちてきている。そばで見ると、凄まじい威圧感を感じるだろう。

「リリヤ、勇気を出すんだ。前には僕が、後ろにはシャーロットがいる。何かあったとしても、必ず助ける」

「……うん……行きます‼」

リリヤさんが勇気を振り絞り、二つの罠を越えた。二人に追いつくべく、私も罠を越える。

罠の通路に入った時点で、凄い熱気が伝わってきた。この場所に長く留まるのは危険と判断した私たちはテンポよく、アッシュさん、リリヤさん、私の順に罠を越えていき、なんの問題もなく前半を終えることができた。

「はあぁ〜、これで半分なの？　先が長いよ〜」

「この錨とフレイムバーナーの罠、地味にきついな。錨の方は巨大だから、足が竦むときがある。フレイムバーナーの方は、熱量が凄い。早く渡り切らないと、こっちも暑さで参ってしまう」

うん、この暑さはまずいね。罠の中を掻い潜ってわかったけど、周囲の温度が五十度近くある。水分補給しながら前進していても、かなりの暑さだから、集中力を保つのが苦しい。

「さあ、もうひと踏ん張りだ。行こう‼」

アッシュさんが、二つの罠を越えた。次は、リリヤさんの番――

「ふ～行きます‼　やっ……え、痛⁉」

まずい‼　錨の罠を越えようとしたとき、岩の窪みに気づかず、足がはまってしまった。

このままでは――

「リリヤ～！　避けろ～‼」

「え……あ‼」

巨大な錨がリリヤさんの足目がけて、落ちてきた‼

「させません‼　アッシュさん、姿勢を低くして壁際に移動してください」

私は、巨大な錨の目の前まで瞬時に移動し、思いっきり三度の拳圧を錨に叩き込んだ。

すると錨の落下方向が変化して、リリヤさんを飛び越え、次の罠のフレイムバーナーに突っ込んだ。そこに、フレイムバーナーが襲いかかる。すかさず、私はリリヤさんをウィンドシールドで囲って、私のいる場所へ戻した。

「シャーロット～ありがとう。怖かった～」

フレイムバーナーの直撃を受けた錨は、跡形もなく溶け、錨を吊るしていた鎖だけが元の位置に戻っていった。

「フレイムバーナー、怖いよ‼　あの巨大な錨が一瞬で……」

あの熱量は脅威だよね。

「リリヤ、無事か⁉」

アッシュさんも、リリヤさんのことが気になったのか、こっちに戻ってくれた。

「うん、シャーロットが助けてくれたよ～」

「よかった～。シャーロット、ありがとう」

後半開始早々事故が起こったけど、そのおかげで、アッシュさんとリリヤさんの頭が冷えたようだ。集中力も取り戻したことで、二十個全ての罠を突破することができた。

「なんとか、切り抜けることができたな」

アッシュさんもリリヤさんも、汗だくだ。五十度前後ある罠の通路を突破したのだから当然か。私の場合、『状態異常無効』があるからか、汗一つかいてない。これって、大丈夫なの？

「二人とも、私が足を引っ張ってるよね。ごめんね」

「リリヤ、失敗は誰にだってある。それをフォローするのも、仲間の役目さ。この失敗を次に活かせばいい」

アッシュさん、ナイスフォローだ。

「うん、足手まといになりたくないから頑張る‼」

地下七階の攻略も、これで完了だ。次は、地下八階。何が待ち受けているかな？

22話　殿中でござる

階段を下りていき地下八階に出ると、そこは六畳ほどの部屋の中だった。しかも、和室だ。下には綺麗な畳が敷かれており、虎や馬が描かれた襖もある。ちなみに、後方にある地下七階への階段は、押入れと呼ばれる場所にあった。なんて場所を入口にするかな。

「ここは部屋？　下に敷かれているのは板……じゃないよね？」

「アッシュ、これは畳だよ」

「リリヤ、知ってるの？」

「二人前のご主人様と、Cランクダンジョンに来たとき、これと同じものを見たの。あのとき――」

話の途中で、襖が開いた。そこにいたのは、旅館の仲居さんらしき風貌の……女性ゾンビだった。肌が青白いし、頬骨が少し露出しているから、ゾンビだと一発でわかる。

「あんたたち、土足で畳の上に乗るんじゃないよ‼　お仕置きが必要だね」

急になんなの？　襖が開いたと思ったら、その女性に説教され、襖が閉まった。

「土足も何も、階段の先が部屋だなんてわかるわけないだろ？」

アッシュさんもぼやいている。

階段の先が畳の部屋に繋がっているなんて、普通思わないよね。

「あれは、仲居さんゾンビだよ。前もこんな感じで叱られて、大勢の仲居さんゾンビが、ここに押し寄せてきたの」

「え……てことは？」

「うん、襲ってくるよ」

なんですと⁉　私が急いで襖を開けると――右手の廊下から、箒や木刀を持った五人の仲居さんゾンビが、こっちに向かってきていた。

「アッシュさん、仲居さんが五人、こっちに来ます。左手の通路から逃げましょう」

「マジで⁉　シャーロット、リリヤ、逃げるぞ‼」

私たちが部屋から出ると、仲居さんゾンビがかなり近くにまで迫っていた。

「待ちな‼　土足で室内を走り回るな‼」

「階層の入口が家の中なんだから、仕方ないだろう⁉」

「それは、そっちの都合だろうが‼　土足で旅館の中を走り回ったら汚れるし、後で掃除するのは私らなんだよ‼」

「そんな理不尽な～～」

『アッシュさん、仲居さんに話を合わせる必要ないんですけど』というツッコミを入れる余裕がない。私たちは急いで旅館から出て、誰にも見られないよう気配を遮断してから、人……じゃなくて、ゾンビの気配がない空家に入った。

「あ〜びっくりした〜。なんだよ、あの仲居さんたちは⁉」

「アッシュ、先生から聞いてないの？　ゾンビが支配する城エリアでは、押入れや空家、厠、城の中、蔵の中、あらゆる場所が入口になるの」

うそ〜ん、今はじめて知ったよ。

「アルバート先生、恨みますよ。ゾンビが支配する城エリアは、城のどこかが入口だと言っていたのに」

出口は天守閣にあり、次の階層へは階段ではなく、転移による移動だとも言っていた。

「アッシュさん、アルバート先生自身が、城しかないと思い込んでいたのかもしれませんよ」

「ありうる。でも、ここがゾンビが支配する城エリアだってことは、どこかに魔刀『吹雪』があるはずだ」

ただ、城下町の情報は皆無なんだよね。頼れるのは、リリヤさんの持つ情報だけだ。

「リリヤ、入手場所を知っているかな？」

「ごめん、知らない。でも、この城エリアのルールなら知ってる」

リリヤさんから聞いた城エリアのルール、それはこれまで経験してきたどのエリアとも異なっていた。城下町にいる仲居、商人、町娘、飛脚、子供、侍ゾンビたちは、あるルールによって縛られている。

まず、冒険者がこのゾンビたちに危害を加えない限り、友好的に接してくれる。時には、レア情報を教えてくれる場合もある。ただし一度でも危害を加えると、その種族のゾンビが、冒険者たちを敵と認識し襲いかかってくるのだ。なお、この城エリアに限り、全てのゾンビが魔人語を習得している。

「ということは、仲居さんゾンビたちは、僕たちを敵と認識したんだね」

「うん、そうだよ。ここで気をつけたいのが、『危害』の内容なの。私たちは、土足で旅館に上がってしまった。それも、危害に該当するんだよ」

つまり、この城下町の常識に反することをやったら、敵と見做されるわけか。

「なるほどね。子供ゾンビを泣かせたり、商品を盗んだり、友好的なゾンビを斬ったりしたらダメってことだね」

「うん、その通り」

こんな特殊エリアが存在していたとはね。でも、リリヤさんのおかげで、対処方法がわかったよ。

「二手に分かれて行動しよう。僕とシャーロット、リリヤで分かれよう。リリヤはここのルールを知っているけど、僕ら二人は初めてだ。二人で相談しながら進む方が安全だと思うんだ。とはいえ、リリヤは単独行動になるけど大丈夫かな？」

「大丈夫、ここには何度か来たことあるから。仲居さんゾンビにだけ気をつけてね」

魔刀『吹雪』が、城下町にあればいいけどね。まずは、城下町で情報収集だ。

〇〇〇

ここの城下町も城も、日本の江戸時代の建物に酷似している。城のてっぺんにある二つの鯱鉾も、金色で凄く目立つ。城の中には、殿様もいるのかな？

あれから仲居さんゾンビを回避しつつ、色んなゾンビに聞き回ったけど、誰も魔刀『吹雪』のことを知らなかった。城の殿様にでも聞いてみようかな？

「シャーロット、ずっと不思議に思っていたんだけど、ゾンビの髪型がおかしい。あれって、何か意味があるのだろうか？」

そこは、気になるよね。

「魔刀『吹雪』とは一切関係ありませんね。あれは、古代の髪型です。私も詳しく知りませんが、あそこにいる侍ゾンビの髪型は『チョンマゲ』と言うそうです」

「チョンマゲ？　古代の人は、なんであんな変な髪型をしていたのかな？」

それは、私も知りたいよ。

「シャーロット、ダメ元であの侍ゾンビに聞いてみよう。城下町内は、侍ゾンビの数が他のゾンビと比べて少なかった。何か知っているかもしれない。……すみません、聞きたいことがあるんですが、よろしいでしょうか？」

何かわかればいいけど。

「聞きたいこと？　なんだ、申してみよ？」

「魔刀『吹雪』を探しているんです。入手場所を知りませんか？」

「……ゾンビの誰かが、その刀を持っていた場合、どうするつもりだ？」

「え……えーと、持ち主を倒してでも奪う……かな？」

うわ、色んなものをすっ飛ばして、直球で言ったよ。何か、起こりそうな気がする。

「なるほど、持ち主を倒してでも奪うか。……皆の者、であえーーーーーい。殿を殺すと明言した者たちがここにいるぞーーーー。ひっ捕らえよーーーーー」

ええ⁉　侍ゾンビの目の色が黒目から赤目に変わった。でも、なぜかあまり怖さを感じない。あ、いつの間にか、周囲の町人たちも私たちを取り囲んでいる。

「アッシュさん、討伐しつつ逃げましょう」

「逃げるってどこへ？」

「向こうにあるお城です。城の殿様が吹雪を持っているんです。どうせ戦いになるんですから、討伐しつつ、城に突撃です」

あの侍ゾンビが、キーパーソンゾンビだったのか。周囲にいるのはゾンビだけど、人型だからやりにくい。でも、自分の命がかかっている以上、倒していくしかない。

「リリヤは？」

「リリヤさんは別行動を取っていますから、おそらく狙(ねら)われません。私とアッシュさんだけが、吹雪目当てに来た敵と認識されてしまったんです。でも、リリヤさんも騒ぎに気づいて、じきに城に来るでしょう」

「……ごめん」

「これからは、魔物相手に直球でものを言わないように」

私たちは周囲の敵を薙(な)ぎ払いながら、城へ進んでいった。幸い、城自体が巨大で目立つから迷うことはなかった。途中、リリヤさんとも合流し、私たちは城近くにある森の茂(しげ)みに身を隠した。そして、何が起こったのかをリリヤさんに話すと、さすがに呆(あき)れていた。

「アッシュ、なんで正直に話すの？」

「ごめん。咄嗟(とっさ)のことで、つい……」

「どうしよう？　城門には、数百体のゾンビが蠢(うごめ)いているよ？　いくらなんでも強硬(きょうこう)突破はできない。せめて、中級魔法が使えれば……」

今回は非常事態だし、やむをえないか。

「仕方ありません。裏技を使いましょう」

「『裏技？』」

かなり目立つ行為だけど、今回ばかりは仕方ない。

「はい。城にいる殿様の位置は、『気配察知』を使い把握しました。今から、直接そこに行きます」

「『はあ⁉　どうやって？』」

「こうやってです」

私は、ウィンドシールドで風の防護膜を作り、全員を覆った。そして、風魔法フライで膜ごと上空に飛び、殿様のいる部屋の外側に移動する。城自体が大きいから、なかなかの高度だ。

「シャーロット、まさか……」

「アッシュさん、そのまさかです。……共振破壊」

城の外壁を破壊すると、そこには腰を抜かした殿様ゾンビがいた。中は、時代劇に出てくる殿様の部屋とほぼ同じで、大広間に相当するのかな？　殿様は、入口から遠い上座にいる。

「さあ、殿様、覚悟しろ‼　お前の持つ魔刀『吹雪』を奪いにきたよ‼」

「な……なんてデタラメなことを……者どもであえーーーい、侵入者じゃーーーー」

殿様の後方には、一刀の白い刀が置かれていた。

魔刀『吹雪』
アダマンタイトで作られた名刀。水属性が付与されており、斬った箇所から相手を凍らせる追加機能がある。ただし、扱うには『刀術』のスキルレベルが5以上必要

この刀、アッシュさんの持つミスリルの剣より強い。

侍ゾンビたちが殿様の声に反応して、次々と大広間に押し寄せてきた。

「「「殿中でござる、殿中でござる、殿中でござる、殿中でござる」」」

その人数は部屋の中だけでも、二十はいる。おそらく、通路全体が囲まれている。これほどの大人数となると、アッシュさんとリリヤさんの二人だけでは、対処不可能だ。

「アッシュさん、侍ゾンビの人数が多すぎます。私がデタラメな方法で殿様をボコボコにして、戦意を喪失させます。それまで多少時間がかかると思いますが、その間だけでいいので、リリヤさんと二人で侍ゾンビと戦ってください。リリヤさんは壁際に移動して、襲ってくる侍ゾンビを弓技『光矢乱れ打ち』で倒してください。侍ゾンビの弱点は、人と同じく頭です。間違ってアッシュさんの頭を粉砕しないように」

「しないよ‼」

「シャーロット、さらっと怖いことを言うなよ‼　とにかく、僕たちは侍ゾンビと戦っておく。格上の殿様ゾンビの方は頼んだよ」

さあ、戦闘開始だ。構造解析すると、殿様ゾンビはCランク、侍ゾンビはDランクだ。アッシュさんとリリヤさんが二人で協力すれば、しばらくの間は保つだろう。

侍ゾンビたちが、私たちに襲いかかってきた。当然、私は彼らを瞬殺して、瞬時に殿様ゾンビのところへ移動した。

「貴様いつの間に？」

「魔刀『吹雪』をください。抵抗すれば、あなたのプライドがズタズタになりますよ」

「ズタズタになるのは、私ではなく、ちびっ子の方じゃろう。侍ゾンビ、こいつを討ち取れ～～」

「「「は‼」」」

「忠告したからね」

私の横には、殿様ゾンビがいる。そして、三体の侍ゾンビが私に襲いかかってきた。

「殿様、危ない‼　ここは私がお守りいたします」

――なんてね。

「な、お前は敵――」

私は侍ゾンビたちを左手の指弾で討ち取りながら、殿様の頭を右手のマジックハンドで掴み、壁に叩きつけた。

「ヘブ‼　貴様～、侍ゾンビたち～」

今度は、五体だ。

「あ、また侍ゾンビが襲いかかってきました。殿様、ここは危険です。向こうに避難を。おりゃあぁぁぁーーーー」

さっきと同じように、侍ゾンビを討伐しつつ、セリフだけ気遣うことを言い、殿様の頭をマジックハンドで掴んで反対側の壁に叩きつけた。

「へぎゃあ‼　ちょ……」

「貴様、殿になんということを‼」

お、アッシュさんたちと戦っていた他の侍ゾンビたちも、標的を私に変更したね。

「私は、殿をお守りしているだけです。ああ、また来た‼　殿、ここは天井にお逃げください‼　ほおおぉぉぉーーー」

私はマジックハンドを大きくし、殿様の身体を鷲掴みにして、天井に投げた。天井の高さは四メートルほどだ。

「ひ‼　天井が目の前に‼」

ああ、無惨。殿様の頭部が突き刺さり、プラーンとなっちゃったよ。

「「貴様～よくも殿をーーー」」

「あなたたちが襲いかかってくるからいけないのです。私は殿をお守りしているだけです」

「「「貴様〜〜〜」」」

こいつらは懲りないね。私に襲いかかってくる度に、殿が悲惨な目に遭うのに。

「ああ、また襲ってきた。殿、危ない」

天井から殿をズボッと引き抜き、今度は――

「ヒイイぃぃぃぃーーーーー、もうやめて、私が悪――」

「おりゃあぁぁぁーーー」

私はマジックハンドで殿様を逆さに持ち替え、パイルドライバーのような形で頭を床に叩きつける。

「いやあぁぁぁ〜床〜〜〜」

ドゴーーーンと大きな音を鳴らし、殿様の頭が床に突き刺さった。そして、バタッと倒れた。

あれ？　周囲が静かになった。もう終わり？　まだ遊び足りないよ。

「殿様、危ない。また……」

あ、殿様自ら、床から頭を引き抜いた。

「ヒイイィィィーーーーー、もう勘弁してください。ここにあるもの、全てお渡しします。どうかお見逃しを〜〜〜!!」

殿様ゾンビと残りの侍ゾンビたちが、一斉に土下座した。よしよし、みんな戦意を喪失したようだね。

「どうします？　アッシュさん？」

「いや、もう勘弁してあげてよ。殿様が気の毒すぎる」

「あれは……かなり可哀想だよ」

そんな、リリヤさんまで。

その後、魔刀『吹雪』を一刀、玉鋼製の小太刀を五刀、玉鋼製の刀を五十刀、転移トラップを三セット、ミスリルの屑を十キロを貰った。

「アッシュさん、これで任務完了ですね」

「うん。これが魔刀『吹雪』、凄い輝きだな。僕も扱ってみたいけど、『刀術』スキルを持ってないや」

「それでしたら、我々があなたたちに『刀術』を教えて差し上げよう。『刀術』を扱うには、『足捌き』スキルも必要になるのじゃ。両方、教えて差し上げよう」

この殿様、いいゾンビだよ‼

「いいのかい？　それじゃあ、お世話になろうかな」

アッシュさんが嬉しそうに答えた。

私たちは、殿様ゾンビや侍ゾンビたちから、二時間ほど訓練を受けた。それにより、私は『足捌き』をレベル2で習得した。リリヤさんは、『刀術』と『足捌き』をレベル1で習得した。アッシュさんは『剣術』スキルが高いこともあって、『刀術』をレベル3、『足捌き』もレベル3で習得できた。

ちなみに私が刀を持ったら、なぜか全員気絶した。殿様ゾンビによると、私の強さが刀を通して伝わるようだ。私が『刀術』スキルを身につけるためには、私と同等の強さを持つ人を見つけ出し、教えてもらう必要があるらしい。……それって、無理だよね。

「ミスリルの屑も、こんな大量に貰って悪いね」

ミスリルの屑に関しては、私が殿様ゾンビにおねだりしたのだ。

「シャーロット、『貰って』じゃなくて、奪ったに近い気がする」

「私は、小太刀が気に入りました。みなさん、ありがとうございます」

短剣術も扱えるリリヤさんには、刀より小太刀の方がよく似合う。

「先程、事情を聞いたが、三人はこのままエスケープストーンで脱出するのでおじゃるか？」

「え、そうだけど？」

殿様ゾンビが、何やら考え込んでいる。

「城下にある転移トラップを使えば、最下層に行けるのじゃが？」

「「「え!?」」」

一気に最下層に行けるの⁉　それなら行ってみたい。アッシュさんとリリヤさんを見ると――

「せっかくだから、挑戦してみよう」

「うん。危なかったら、エスケープストーンで逃げればいいいし」

「決まりですね」

殿様ゾンビから、城下にある転移トラップの場所を聞き出し、私たちは普通に城門から出た。

殿様ゾンビたちとの別れ際――

「「「「これに免じて……二度とここには来ないでください！！！！」」」」

と土下座されてしまった。私たちは苦笑いしながら、その場を去った。ここのゾンビたち、他の魔物と違って、凄く人間っぽかった。

23話　最下層のボスとの戦い

現在の時刻は、夕方六時だ。私たちは、地下十五階の洞窟エリア、ボス部屋の入口にいる。侍ゾンビの案内で、城下町に隠されていた転移トラップを使うと、目の前がボス部屋だったのだ。ボスと戦う予定はなかったけど、殿様ゾンビがボスの情報を少しだけ教えてくれた。

このダンジョンのボスは日替わり制となっており、Cランクのゴブリンナイト、コボルトナイト、オークナイト、ハンマートレント、ウィッチトレント、バルボラ、リッカーコックローチの七体のいずれかだ。

最初の四体は近接戦闘、後の三体は魔法や状態異常を重視した遠距離戦闘を得意としている。

「殿様ゾンビによると、今日のボスはバルボラで、手下にローズイーター五体を引き連れている。バルボラで注意すべきは、状態異常を伴うブレス攻撃だ。眠り、毒、麻痺（まひ）、混乱、四種類の単独型か混合型を放ってくる。次にローズイーター。こいつも状態異常攻撃を備えている。口から眠りのブレス、手足として動く蔓（つる）の棘（とげ）、これには弱毒が含まれている」

「う～、私が一番危ないよね。シャーロットもアッシュも、『状態異常無効化』スキルがあるもん」

アッシュさんは祝福の指輪を装備しているからだけど、近接戦を主軸としているので、リリヤさんに貸すために指輪を外すわけにはいかない。リリヤさん自身が回避するしかない。

「戦略としては、僕がバルボラと直接戦い、やつを引きつける。その間にシャーロットとリリヤは、手下のローズイーターたちを倒して欲しい」

「アッシュ一人で大丈夫？　援護するよ？」

リリヤさんが申し出た。私の方は無理だ。

というのも、私は攻撃方法が限られている。援護可能なものといえば指弾になるけど、これまでコントロールがいまいちだった。『足捌き』スキルを教えてもらっているとき、足先まで繊細に魔力を通して足を動かす訓練を行った。これを指に応用できないかと思い、試行錯誤した結果、指弾の威力とコントロールを完全調整できるようになってはいる。といっても、いきなりボスで試すのは危険すぎる。ここは、ローズイーターで試していこう。

「ありがとうリリヤ、でも大丈夫。やつは火属性が苦手だからね。身体への『属性付与』や武器強化に火を使えば対処できるよ」

「わかった。ローズイーターを倒したら、すぐ援護に向かうね」

リリヤさんは心配そうな顔をしつつも頷く。

とはいえ、私はアッシュさんのことを気にかけておこう。何が起こるか、わからないからね。

「リリヤ、シャーロット、エスケープストーンを持ったね？」

「うん、持ってる」

「はい、持っています」

「僕が危険と判断したら合図を出すから、躊躇なく使うんだ」

「「はい」」

私たちの任務は、既に完了している。今回は、試しに挑戦するだけだ。アッシュさんとリリヤさんは、二人で石像のミノタウルスを撃破できた。それが、自信に繋がっているのだろう。

アッシュさんが扉を開けた。中は直径二十メートルほどの円形広場だった。そして、ボスのバルボラ一体と、ローズイーター五体が広場中央に現れた。

バルボラ、一言で答えるならば、蔓の化物だね。蔓が何重にも絡み合い、一つの大きな口を形成し、その下から十六本の太く長い蔓が出て、手足の役目をしていた。

ローズイーター、バラの化物だ。顔がバラの花となっており、花の中央には柱頭や子房がなく、鋭い牙の生えた大きな口がある。顔から下は茎を中心として、手足の役目をする長い蔓が生えている。

「よし、手筈通りに行くぞ！」

「「はい‼」」

私とリリヤさんは、ローズイーターに指弾や弓矢を放ち、こちらに引き寄せた。アッシュさんは、バルボラに攻撃を仕掛け、意識を自分に引きつけた。

「リリヤさんは、焦らずローズイーターを一体ずつ倒していってください」

「わかった」

　リリヤさんはやや緊張しているものの、ローズイーターに弓の照準を合わせている。大丈夫そうだね。私も三体ほど倒しておこう。

「あー、避けられた。ローズイーターの動きが速い‼」

「リリヤさん、それは避けられたのではなく、リリヤさんがローズイーターの動きについていけてないんです。ローズイーターの動きを先読みしてください。私が指弾でローズイーターたちを後方に下がらせますから、相手の動きを先読みし、矢を射ってください。そうすれば、必ず当たります」

「わかった、やってみる‼」

　この場所は、これまでローズイーターの現れていた密集した木々のある森林エリアじゃないから、動きを制限するものが何もない。当然、彼らも力を十全に発揮してくるだろう。私は指弾で、ローズイーター五体を後方に下がらせた。

「弓技『火矢乱れ打ち』」

　弓を経由することで出現した十本の火の矢が、ローズイーター五体に降り注ぐ。一本が一体のローズイーターの口の中に入ったことで、火が炎となり、悲鳴を上げて絶命した。

「やった‼　口の中が急所なんだね。よし、次」

　うん、調子が出てきたようだね。

アッシュさんを見ると、バルボラが眠りや麻痺などの状態異常攻撃をしているにもかかわらず、平然と蔓を斬り、またバルボラの顔に何度も攻撃を入れていた。火属性の属性付与や『武器強化』が有効なんだ。

アッシュさんも問題なさそうだ。さすがにライトニングブレイカーを出す暇はないか。

「指弾」

私の空気弾が、二体のローズイーターの身体のあちこちに『ボッ』と音を立てて、風穴を開けていく。指弾の威力も制御できているし、精度も格段によくなっている。侍ゾンビと殿様ゾンビに感謝だ。

そうしている間に、リリヤさんも一体仕留めていた。

「二体目撃破‼」

「リリヤさん、凄いです。先読み、できてるじゃないですか！」

リリヤさんは簡単に相手の動きを先読みし、『火の矢』を当てている。

「えへへ、常に主人の動きを見ておかないといけなかったからね。それを魔物に応用したら、簡単にできたんだ」

奴隷だからか、多くのことに気を配っていたんだね。もしかしたら、ここで新たなスキルを数多く獲得するかもしれない。私の場合、先読みする以前に、相手の動きが遅いからすぐに当てられるんだよね。だから、『先読み』スキルを取得できないのかな？

よし、リリヤさんが三体目も撃破した。これで、ローズイーターは全滅だ。

「ギュワアァァァーーーー（こいつの命を貰う）」

「え？　あ、リリヤーーー避けろーーー」

バルボラの蔓がリリヤさんの足に巻きつき、そのまま身体を持ち上げた‼

「え⁉　きゃあああぁぁ～～、アッシューーーー」

「くそ、蔓を焼き斬る‼」

「キュワ、キュワア（もう、遅い）」

あ、眠り、毒、混乱、麻痺の四種混合ブレスが、リリヤさんを包んだ‼

「うあああ……かああ……負けない、負けない」

リリヤさんは状態異常にならないよう必死に我慢しているけど、時間の問題だ。どうする？　一か八か――

「リリヤさん、状態異常攻撃を我慢した暁には、アッシュさんが願いを一つ叶えてあげると言ってますよ‼　なんでもいいそうです」

「ほ⁉」

「シャーロット、何言ってんの⁉」

「願……い……なんでも……聞く……ふあああぁぁぁーーーこんな攻撃……こんな攻撃……効かない」

リリヤさんの意識が覚醒した‼　ダメ元で言ったのに、効いているよ。

「キュワ、キュワイン（嘘、効いてない⁉）」

「バルボラ……さあ、もっとブレス……やりなさい……私は耐えてみせる‼」

「キュキュワアーーー（言われなくとも）」

リリヤさんの挑発にプライドを刺激されたのか、バルボラがブレスを吐きまくっている。

「まだまだーーー」

「キュワイアーーー（状態異常になれ）」

バルボラがブレスを吐き続け、リリヤさんがずっと耐えている。

「なんだ……このおかしな光景は？　シャーロットが変なことを言うからだぞ」

「リリヤさんを助けようと思い、つい……」

「物理的に助ければいいじゃん」

ですよね～。バルボラは、リリヤさんばかり見ていて、こっちの存在を忘れている。そしてバルボラとリリヤさんのおかしな戦いは続き、アッシュさんが思いっきり引いている。

「ハアハアハア、キュワワ、キュキキュキキュ（ブレス、もう吐けない）」

「ブレスが止まった‼　アッシュ、私は耐えたよーーー」

アッシュさんの顔が引きつっている。リリヤさんの清純なイメージが、崩れていくんですけど？

「ギィワワワギ、ギワギワワワギュワイ。ギワイ、ギギワワワ（私の状態異常攻撃を、ここまで我慢したやつははじめてだ。お前に、これをやる）」

バルボラが、蔓を自分の口の中に入れた。出てきた蔓には、小さな箱が絡まっていた。

「え、これ、私にくれるの？」

「キュワ（ああ）」

友情の絆が、リリヤさんとバルボラの間に生まれたように感じる。

「ありがとう」

「ギワワ（じゃあな）」

バルボラが消え、それと同時に、奥の部屋へと続く扉が開いた。え、勝ったの？　これって勝ちと言えるの？

「あれ？　私がバルボラを討伐したのかな？」

「シャーロット、これって討伐になると思う？」

アッシュさん、私も戸惑っているんです。

「倒してないような……でも、扉は開いてますね……」

「あ‼　アッシュ、シャーロット、『状態異常耐性』と『先読み』スキルが手に入ったよ‼　バルボラ、ありがとう」

うそーーん。どう考えても、リリヤさんがあの四種混合ブレス攻撃に耐えたからだよね。

あんな方法で耐性スキルが手に入るなんて……

「アッシュさんも試してみますか？」

「断固、断る!!」

そういえば、バルボラはリリヤさんに何をくれたのかな？　あの箱を構造解析してみよう。

魅惑の指輪
あらゆる武器に毒・眠り・麻痺・混乱・魅了の状態異常攻撃を追加できる。ただし、属性付与を習得していること

これは、リリヤさんにピッタリな指輪だ。しかも、デザインがかなりいい!!

「リリヤさん、箱の中身を確認してください。素晴らしいアイテムが入っていますよ」

「え……うわ……綺麗～、名前は『魅惑の指輪』か。あ、武器に状態異常攻撃を付与できるんだ!!　凄い高性能な指輪だよ!!」

「え、状態異常の付与だって!?　バルボラのやつ、そんなレアアイテムをくれるなんて……リリヤのことを相当気に入ったんだな」

「……なんか複雑だよ」

リリヤさんがぼやいた。

　まさかボス戦が、このような結果で終わるなんてね。誰も想定していないよ。せっかく指輪があることだし、ちょっとアッシュさんに質問してみようかな。

「この指輪、仮にアッシュさんがリリヤさんにプレゼントするのなら、彼女のどの指につけたいですか？」

　私の言葉を聞いて、リリヤさんが真剣な眼差しでアッシュさんを見た。

「う～ん、そうだな。今は……左手の中指かな？」

　ほおほお、左手の中指ですか。指輪をつける位置の考え方は、ここも日本と同じだ。左手中指なら、『良い人間関係を築きたい』だ。リリヤさんも満足げな表情だ。そして、小声で……「今は……て言ってくれた。アッシュ様……ううん、アッシュとなら……」と言っていた。

「アッシュさん、せっかくですから、リリヤさんの左手の中指につけてあげてください。ダンジョンのアイテムは、サイズを最初の装備者の身体に自動で合わせてくれるので大丈夫ですよ」

「……そうだね。リリヤ、構わないかな？」

「はい‼」

　リリヤさんは、満面の笑みで頷いたね。アッシュさんが、リリヤさんの左手中指にそっと指輪をつけてあげた。そして……こう呟いた。

「今回はバルボラからのプレゼントだけど、いつか……僕が買ったものを君の指につけてあげたいよ」

「へ……あ、ありがとう――――!!!」

アッシュさんは、天然のタラシではなかろうか？　リリヤさんが、アッシュさんの一言で物凄(ものすご)く舞い上がっている。このダンジョンに入る前と今とでは、リリヤさんの表情や喋(しゃべ)り方がまったく異なっている。モレルさんが今の彼女を見たら、どう思うだろうか？　いい意味で驚くかな。

「扉も開いていますし、私たちはCランクに昇格ですね」

私がそう言うと、アッシュさんは微妙な顔をした

「Cランク……今の僕たちがCランクとは思えない。今回、移動のほとんどが転移トラップによるものだ。Dランクの魔物に対しては、僕もリリヤも一人で対応できる。けど、Cランクのミノタウルスの石像相手では、二人でやっと倒せるレベルだ。バルボラに関しては、ちょっと特殊な倒し方で判断できない」

「言いたいことはわかります。現時点での基本ステータスを見ると、お二人ともCランクに到達していません。アッシュさんがDランクの上位、リリヤさんがDランクの中位に位置しています。ですが、『身体強化』と属性付与を使用すれば、Cランクの力量はあります。今後、Cランクダンジョンの浅い階層で、鍛えていくのがいいかと」

アッシュさんもリリヤさんも考え込んでいる。

「アッシュ、ギルドに報告して、Cランクになった方がいい。金銭的なこともあるけど、Dランクの魔物だと、少し物足りないと思った」

「リリヤもそう感じたのか⁉　実は、僕もなんだ。安全を考えれば、このままDランクを維持したいところだけど……僕もリリヤも強くなりたい。……うん、決めた。Cランクになろう‼」

その選択が、正解だと思う。リリヤさんの中には、裏人格の白狐童子がいる。彼女は、ずっとリリヤさんを見ている。リリヤさん自身が甘えた態度を取っていれば、いずれ怒りを爆発させるだろう。現状の強さでは、Cランクダンジョンで苦労すると思うけど、経験を積んでいけばいいと思う。私も、ダンジョンで多くの経験を積んでおきたい。

「アッシュさん、リリヤさん、地上に帰りましょう‼」

「ああ」

「うん」

こうして私たちは、見事Cランクに昇格することができた。地上に戻る際、ガーランド様と会えることを期待したけど、会えなかった。リリヤさんのことで、思いっきり問い詰めたかったのに残念だ。

夜だったこともあり、ギルドへの報告は明日行うことにした。三人ともかなり疲れていたので、集合時間は明日の昼一時にした。アッシュさんとリリヤさんは、学園近くの宿に泊まるという。私は、その宿の入口で二人と別れた。

　今回のダンジョンで入手したアイテムは全て私のマジックバッグに入っているので、とりあえず魔刀『吹雪』と、宝箱で入手したお金の半分を渡しておいた。

「シャーロット、リリヤ、無事に魔刀『吹雪』を入手できた。二人のおかげだよ、本当にありがとう。これからもよろしく頼むよ」

「誰かが欠けていれば、入手できませんでしたね。私は学園には行きませんが、アルバート先生にもよろしく伝えておいてください」

「ああ。リリヤが学園に通えるかどうか、相談してみるよ」

「シャーロット、これからもよろしくね」

　私は二人と握手して、貧民街へと戻った。今日はもう疲れたから、ダンジョンで入手した落とし穴トラップや転移トラップのことは、明日話すことにしよう。

24話　指名手配

　私は貧民街に戻り、いつもの会議場所にて、クロイス姫、アトカさん、イミアさんに、

Cランクになったことを伝えた。今回、アッシュさんの奴隷でもある新たな仲間、リリヤさんが加入しての三人による攻略だ。そのリリヤさんの人物像とユニークスキルについて説明すると——

「『鬼神変化』、恐ろしいユニークスキルですね」

『鬼神変化』に関しては、クロイス姫も知らなかったようだ。内容が内容だけに、三人とも深く考え込んでいる。

「私とアッシュさんが、裏人格である白狐童子と話し合い、主人と認められました。リリヤさんも『冒険者殺し』という通り名から卒業できます」

といっても、世間がその通り名を忘れてくれるまで、時間はかかるだろう。

「白狐童子だったか？　基本ステータスが７００にまで上がるのは頼もしい。アッシュとリリヤ……仲間として、勧誘したいところだ」

ここまでの説明で、アトカさんも興味を抱いてくれている。

「二人の潜在能力は、かなり高いです。私も、アトカさんと同じ思いですね。二人には私の事情を説明していますが、クロイス姫のことは話していません」

「今は、それでいいと思います。いきなり勧誘しても、白狐童子に怪しまれるだけですから」

白狐童子から見れば、自分を利用してクーデターを成功させようとしているのが丸わかりだ。クロイス姫の言う通り、クーデターの件を二人に話すのは、もう少し先かな。

「『鬼神変化』……白狐童子……ステータスの大幅増加……もしかしたら」

これまで黙っていたイミアさんが、何か気づいたように口を開いた。

「イミア、どうしたのですか？」

「クロイス姫、ネーベリックに大怪我をさせたトキワ・ミカイツを知っていますか？」

「名前だけですが、知っていますよ」

トキワ・ミカイツ。Aランク冒険者で、ネーベリックを王都から追い出せたのは、彼の功績が大きいという。

「多分……トキワ・ミカイツも、ユニークスキル『鬼神変化』を持っています。以前、冒険者ギルドにいるロッツさんから彼のことを聞いたので、情報を集めておきました。彼はネーベリックとの戦闘時、騎士団に下がるよう指示し、単独で戦い、深手を負わせたのです」

「「「あ!!」」」

そうか!!　トキワ・ミカイツが『鬼神変化』を持っていれば、単独でも戦えるね。

「そして、彼は今年中に王都に戻り、ネーベリックと再戦すると言われています。これは、ただの噂ですけど」

「トキワ・ミカイツ、彼をこちら側に引き入れたいですね。エルギス側にいくと、厄介なことになります」

　エルギスも、トキワ・ミカイツのことを知っているはず。既に接触を図り、再戦の計画を練っているかもしれない。クーデターの際、彼が王都にいたら、我々にとって大きな障害となるだろう。

「おいおい、勘弁してくれよ。『鬼神変化』を使われたら、こっちが全滅するぞ。対処できるのは、シャーロットだけだ」

　本当に、私しかいないよ。トキワ・ミカイツ一人で、反乱軍を制圧できる力を持っている。彼がエルギス側についたら、私が対応しないといけない。

「イミア、トキワ・ミカイツの現在位置は？」

「私も聞き回っているんですけど、まだわかりません」

　現在位置は不明か。クロイス姫としても、クーデターを起こす前に彼と接触したいよね。トキワ・ミカイツか、いずれ戦うことになるかもしれない。私も、もっと強くなっておこう。

「では、引き続き捜索をお願いします。シャーロット、今日はお疲れ様でした。まだ、お話ししたいこともあるのですが、それだけの過密スケジュールだと、身体もかなり疲れているはずです。まずは、しっかり休息を取ってください」

「はい、わかりました」

私も、戦利品のことなどは明日話そう。アッシュさんとの待ち合わせ時間は昼一時だから、朝のうちに話しておこう。

○○○

う〜ん、誰かが私に声をかけながら、揺さぶっている。あの後、夕食を食べて、戦利品を整理してから寝たんだよね。この声は、イミアさんかな？

「ふわあ〜、やっぱりイミアさんだ」

「シャーロット、起こしてごめんね。あなたの仲間のアッシュとリリヤが、ここに訪ねてきてるの。この建物にはクロイス姫がいるから、外で待ってもらっているわ」

アッシュさんとリリヤさんが？　貧民街に住んでいることは教えたけど、場所は教えてない。子供たちに聞いたのかな。

それにしても、ギルド入口で待ち合わせのはず。何かあったのだろうか？　時間は、朝十時か。

「わかりました。急いで着替えて、外に行きます」

部屋着から冒険者服に着替え、身だしなみを整えてから外に出ると、神妙な顔をした二人がいた。

「『シャーロット、おはよう』」

「二人とも、どうしたんですか？」

「いや〜、また学園で事件を起こしちゃったよ」

「え、また⁉　解決したばかりなのに⁉」

魔刀『吹雪』を入手したのだから、全て解決しているはず。別の事件が起きたのかな？

「……今度は、僕が指名手配されたんだ」

「は？」

指名手配⁉　なんで⁉

「シャーロット、アッシュも混乱しているの。だから、私が事情を話すね」

リリヤさん曰く、指名手配されたことは本当らしい。

アッシュさんとリリヤさんは学園近くの宿に泊まり、朝八時に学園へ出かけた。

様子がおかしいと思ったのは、学園に入ってからだ。学園生全員が、アッシュさんたちをジロジロと見ていた。当初、リリヤさんのことを気にしているのかと思ったらしいけど、それらの視線はアッシュさんに向けられていた。

そして、グレンが校庭に出てきて、アッシュさんを『この犯罪者め、よく帰ってこられたな‼』と罵った。同時に、これでもかというくらいの大声で、アッシュさんにかけられている容疑を説明したという。

昨日、国から特別に借りている新型魔導具『ソナー』二台が、学園の保管庫から盗まれていることが発覚した。盗まれた時期は不明。ただ、校舎と学生寮を隅々まで調べた結果、一台がアッシュさんのベッドの下から発見されたのだ。当のアッシュさんはダンジョンに行っていたため、消息不明ときた。

そして翌日の今日、アッシュさんが学園に戻ってくると、みんな大騒ぎしていた。アッシュさん自身、捕まりそうになったので、二人は『身体強化』と属性付与をフルに使って逃げてきた。その行為でかえって犯人と断定されてしまい、学園側が騎士団に報告、指名手配されてしまった。

それが原因で、魔刀『吹雪』もアルバート先生に渡せなかったそうだ。

「残り一台はどこに？」

「それが……さっき確認したら、アッシュの冒険者用のリュックの底にあったの」

私と出会ったダンジョンで、アッシュさんは確かにリュックを持っていた。でも、冒険の邪魔になると思って、ずっと私のマジックバッグに入れていた。昨日、アッシュさんに返しておいたけど、もしかして出会った時点からあったの⁉

「え……さっき？　まさか今、『ソナー』を持っているんですか⁉」

アッシュさんは、背中に背負っているリュックを地面に置き、魔導具を取り出した。縦横十五センチくらいの小型なものだ。構造解析。

魔導具『ソナー』
周囲に魔力波を発生させることで、半径二十メートル以内にある全ての人や魔物を認識できる。なお魔力波は、建物などの障害物を通り抜けることが可能なため、相手がスキルで存在感を薄くしようとも、どんな場所にいようとも、その存在を探知できる。探知方法は、所持者のステータスにマップとして表示される。先日、騎士団がクロイス姫捜索に使ったのは、この魔導具である

「うわ……本物だ。間違いなく、魔導具『ソナー』です」

「僕は盗んでいないと言っているんだけど、誰一人として信用してくれなかった」

そりゃあ、部屋の中で発見されたという事実がある以上、アッシュさんが犯人と思われても仕方ない。でも……

「タイミング的に考えて、グレンの仕業でしょうね」

「やっぱりそうか。でも、あいつはどうやって盗んだんだ?」

「これだけ小型ならば、盗むのは容易です。この魔導具は、授業で使用するんですよね?」

「そうだけど?　四日前、僕のクラスで使用されたのが最後かな」

「アッシュさんの授業終了時、誰が魔導具を返却しましたか?」

「グレンとクワトロ先生だけど、まさか……」

「はい。おそらく、グレン一人で保管庫に行ったのです。返却したと見せかけて、堂々と盗んだ。帰る際、教科書の間に挟んでおけば、まずわからないでしょう。その後、アッシュさんがいないときを見計らい、部屋に侵入してベッドの下に置き、またリュックの中にも入れた。そして昨日の時点で誰かが保管庫を見に行き盗難が発覚、ってところですか」

アッシュさんも災難だ。これも、全てはグレンのせいだ。絶対、お仕置きしてやる‼

「あいつは、僕を憎んでいる。僕を犯罪者にしてまで、学園から追い出そうとしているのか？」

私は、静かに頷いた。

全てはアッシュさんが強くなる前の計画だ。グレンはアッシュさんの呪いの力で、十分に強くなった。アッシュさん自身も、クラスの足手まといになっていたから、用済みと判断されたんだ。ただ、Dランクになるかもしれないと考え、魔導具で罠を張った。魔刀に関しては、たまたまだろう。

でも私たちは、呪いの件をアルバート先生に全て伝えている。アルバート先生は、グレンを盗難事件の真犯人と見立てているはずだ。

「アッシュさん、アルバート先生が動いてくれますよ。今頃、グレンを問い詰めているかもしれません」

「グレンが自白するのを待つしかない……か」

そうなるね。おそらく、グレンは証拠を残していないだろう。学園生たちも、アッシュさんが犯人と思い込んでいる。盗難事件を担当する騎士たちも、アッシュさんを指名手配している。もし捕まったら……そのまま牢獄送りになるかもしれない。

「アッシュさん、ここに来るまで、誰にも見つかっていませんか？」

「それは大丈夫。気配を遮断したし、裏道を使って来たからね」

ほっ、一安心だ。あ、アトカさんとイミアさんが、こっちに来た。

「シャーロット、話は聞いたぞ。アッシュは指名手配され、ここから出られなくなった。

なら、仲間に勧誘しても問題ないな」

この状況では、アッシュさんもリリヤさんも断れないだろうし、正体不明とされていた魔導具『ソナー』も手に入る。アトカさんからすれば、一挙両得だろう。

「俺はアトカという。こっちの女はイミアだ。お前たちの事情は把握した。貧民街にいても構わない。だが、一つ条件がある」

「……何でしょうか？」

二人とも、人相の悪いアトカさんに睨まれてか、明らかに緊張している。

「立ち話もなんだから、部屋に来い。そこで、全てがわかる」

アッシュさんとリリヤさんは、アトカさんの部屋へ案内された。案の定、そこにはクロイス姫がいた。現在でも、クロイス姫の捜索依頼書は似顔絵付きで国中に配布されている。だから当然二人は、この女性が誰なのかを知っている。

「ようこそ、反乱軍の隠れ家へ。クロイス・ジストニスと言います」

クロイスが告げると、二人は口をパクパクさせ、彼女を指差した。


――クロイス姫自らが、ここにいる事情を全て話した。私が事前に少しだけ話をしていたこともあり、二人は驚きながらも、きちんとこちらの状況を理解してくれた。


「クロイス様、事情はわかりました。僕はここから動けませんが、全力でお手伝いさせてください」

「私も、お手伝いさせてください。ただ……」

「リリヤの裏人格の件に関しては、既にシャーロットから聞いています。ですから、こちらとしても問題ありません。アッシュ、リリヤ、よろしくお願いしますね。」

「はい‼」

「はい、ありがとうございます‼」

これで二人は、私と同じ反乱軍のメンバーだ。

そうだ‼　ここには、アトカさんもイミアさんもいるんだから、戦利品のことを打ち明けよう。

「アッシュさん、リリヤさん、今度はこちらから三人を驚かせましょう」

「「え……まさか、アレを言うつもり⁉」」

さあ、獲得アイテムの発表です‼

【転移トラップ×十セット】【ミスリルの屑(くず)　残量約二十三キロ】

【落とし穴トラップ×七セット】【バトルアックス（ミノタウルス用）×二】

【玉鋼(たまはがね)製の名刀×五十刀】【玉鋼(たまはがね)製の小太刀×五刀】【魔石類】

【ポーション×五本】【マジックポーション×十五本】【状態異常回復薬×四】

「ちょっとーーー、どこからツッコめばいいのよ‼　戦利品が多すぎるわよ‼　そもそもダンジョンの宝箱に、トラップなんて入ってないから‼」

まずは、イミアさんからのツッコミが入りました～。私は三人を納得させるため、壁や床に埋め込まれているトラップを無理矢理引き剥(は)がしたことを伝えた。すると――

「「シャーロット、あなたなんてことを……」」

「トラップを引き剥(は)がしただと……ありえねえだろ。それに、この転移トラップの性能はなんだ？　短距離転移よりも、こっちの方が便利すぎだろ？」

アトカさんが、転移トラップの有用性に気づいてくれた‼

「多分、ダンジョンでしか使用されないから、その性能なんですよ。短距離転移は、距離に依存しますけど、そのトラップは距離に依存しません。地上で試したことがないので、どこまで行けるかわかりませんが、ケルビウム大森林からこの王都まで転移できるか、試してみる価値はあります」

三人が、互いに顔を見合わせた。私の意図に気づいてくれたようだ。

「アトカ、このトラップ、もし使えたら……」

「ああ、クロイスの理想のクーデターができるかもしれん」

「アトカ、イミア、あの件のこともありますから、ケルビウム大森林に行ってくれませんか？」

あの件？　そういえば、クロイス姫の方も、話があると言っていたよね。

「クロイスが行けない以上、俺が行く。イミアは、クロイスを護衛していてくれ」

「わかった」

あの～三人で話を進めないでください。私たち置いてけぼりなんですけど？

25話　新たな任務と精霊再び

転移トラップをケルビウム大森林に持っていくのはいいけど、私たち三人抜きで話を進めないで欲しい。

「クロイス姫、私たちにも何があったのか教えてください」

「あ、そうでしたね。急を要していたので、私も焦ってしまいました。一から説明しましょう」

急を要すること？

「私たち反乱軍は、エルギスの動向を探るため、外からも内からも常に見張っています。端的にいうと、王城にスパイが潜り込んでいるのです」

ほうほう、スパイね。ということは、エルギスの方で何かあったのかな？

「そのスパイから、新たな情報が入りました。三日前、エルギスの偵察部隊がケルビウム大森林に向けて出発していたのです。極秘裏に進められていたため、スパイが知ったのは昨日でした」

偵察⁉

「このまま見過ごせば、彼らは地雷地帯の変化、ネーベリックの討伐、森の現状について、全てを知ることになるでしょう。そして、彼らが王都に帰還し、エルギスに内容を伝えてしまうと、国の情勢が激変します」

ガーランド様は、『シャーロットがこのまま何もしなければ、一年後、戦争が起こる』と言っていた。これは、私が対処すべき案件だ。ただ、クロイス姫は偵察部隊に対し、どう対処するのだろうか？

「偵察部隊を始末するんですか？」

「いいえ。スパイの報告だと、偵察部隊の人数は三名です。三名の名前、性格、容姿も全てわかりました。そのうちの一人が、アトカの知り合いなのです。追いつきたいのですが、私たちにはその方法がありません」

アトカさんが彼らと接触して、反乱軍に寝返らせる算段か!!

なるほど、クロイス姫が何を言いたいのかわかったよ。

「空を飛ぶ魔法が使える私も一緒に行けば、先回りできますね」

「はい。ただ、彼らが必ずしも、こちらに寝返るとは限りません。ですからシャーロットは、さらに幻惑魔法の幻夢を使ってネーベリックを出現させ、彼らと少しだけ戦ってください。その際、私やアトカの名前を出して、彼らがどう反応するのかを確認してもらいたいのです」

ふむ、幻夢と、私の魔力を用いれば、本物に近いネーベリックを出せるだろう。でも、それじゃあ不完全だ。偵察部隊が攻撃してきたら、幻惑魔法による幻だと一発でばれてしまう。だったら……

「幻夢だと不完全ですね。上位に位置する〝トランスフォーム〟を使用しましょう」

「「「「トランスフォーム？」」」」

あれ？　ここにいるメンバーは、この魔法を知らないのかな？

「シャーロット、幻惑魔法は幻夢だけではないのですか？　トランスフォームとは？」

クロイス姫からの質問に答えよう。

「幻夢は、幻です。『魔力感知』を使用すれば触ることも可能ですが、今回の相手となる偵察部隊の武器は、魔導兵器です。魔導兵器の場合、幻となる部分に放たれてしまったら、弾はそのまま後方に通過します」

「「「「あ!?」」」」

全員、幻夢の欠点に気づいたようだね。

「その欠点を補うのが、トランスフォームです。この魔法は上位に位置する分、非常に危険を伴います」

幻惑魔法による危険、全員がどういったものか気になるようだ。

「トランスフォームは幻惑魔法に分類されていますが、私から見れば変身魔法に該当しますね。実際に、お見せしましょう」

見本は、ネーベリックでいいよね。原寸大で変身したら大騒ぎになるから、私より少し大きめのネーベリックに変身しよう。

「トランスフォーム」

私の身体が金色に輝き、光が収まると――

「嘘⁉　ネーベリック……よね？」

「イミアさん、ミニチュア版ネーベリックです」

あ、声がシャーロットのままだった。

「プ……あははは」

「アッシュ、笑ったらダメ……あははは」

「アトカさん、これがトランスフォームなんですけど？」

アトカさんの右腕をガシッとツメで掴むと……

「くく、本物のツメ……だな。くくく」

「「「「あははは……声とのギャップが……」」」」

くっ、全員が大笑いして、同じことを言い出したよ。なんか猛烈に恥ずかしくなってきたから、シャーロットに戻ろう。

「あ、元の姿に……。シャーロット、トランスフォームというのは、自分の姿を別の誰かへと変身させるものなのですか？」

クロイス姫も、トランスフォームの効果を理解したようだね。

「はい、その通りです。ただし、トランスフォームは自分を別人に変身させるため、幻夢よりも強いイメージが必要となります。そして……ここからが重要なのですが、もし中途半端なイメージで変身してしまうと、元の姿に戻れない危険性があるのです」

中途半端なイメージで変身したら、変身後の姿がおかしなものとなってしまう。最悪、構造がおかしくなって、正しく思考できない場合もありうる。そうなれば、元の姿に戻ろうという思考もできなくなってしまうのだ。だから、この魔法は絶対に教えない。

「「「「嘘⁉」」」」

「本当です。習得したいですか？」

全員が、同時に首を横に振った。

「シャーロット、その魔法で原寸大のネーベリックに変身するのですか？」

「はい。どうせなら、もっと凶悪なものにしようと思っています。どんな姿かは、ダークエルフの村に到着してから、アトカさんやザンギフさんたちにお見せしますよ」

クロイス姫や、他の人たちにも見せてあげたいけど、大騒ぎになるからできないね。

その後の話し合いの結果、私とアトカさんの二人だけが、ダークエルフの村に行くことになった。アッシュさんとリリヤさんは、指名手配されている以上、留守番となる。本当ならアッシュさんの姿を幻夢で変化させたいところだけど、それだと私がいるときしか、外に出られないんだよね。だから、偵察部隊の件が片付いたら、幻夢を搭載した魔導具を製作しよう。

その魔導具があれば、アッシュさんも自由に行動できる。まだ少し先のことだけど、アッシュさんとリリヤさんには、幻夢とその魔導具について教えておいた。二人とも凄く興味を持ってくれたので、魔導具を製作するときがきたら、二人にも見てもらう予定だ。私から技術を盗む気、満々だよね。貪欲なのは、いいことだよ。

今後のことで、アッシュさんたちと話し終わった後、私とアトカさんはダークエルフの村に行くための準備をした。そして全ての準備が整ってから、私たちはイミアさんとともに、貧民街の中でも人のいない区域へとやってきた。

「アトカ～、私より大変な目に遭うだろうけど、すぐ慣れるわ」

「あ？　どういう意味だ？」

「空を飛んだらわかるわ」

ああ、王城でのことを言っているのか。ウィンドシールドで囲って、空高く飛んだだけで、イミアさんは驚いていたもんね。

「イミアさん、行ってきますね。ウィンドシールド。アトカさん、王都の人たちに見られたくないので、一気に上昇しますよ？」

「話には聞いていたが、この状態で空高く上がるのかよ」

「アトカ、慣れたら楽なもんよ。任務、頑張ってね」

上空三千メートルまで行けば、私たちの姿はまずわからないだろう。アトカさんは何か言っているような気もするけど、すぐ慣れるでしょ。

「フライ」

「うお⁉　え……高い……高い高い‼　シャーロット〜どこまで上がる気だ〜イミアが見えなくなっちまった〜」

「上空三千メートルでーす」

「はあ⁉」

さあ、ダークエルフの村に向けて出発だ‼

〇〇〇

偵察部隊の三人は、ガウルという動物を使って、ケルビウム大森林に向かっているらしい。

ガウルは、四足歩行で体長三メートルもある草食動物だ。温和な性格で、馬よりも強靭(きょうじん)な身体と脚力(きゃくりょく)を持っている。私は見たことがないけど、ドラゴンに近い顔立ちという。

私やイミアさんたちが、『身体強化』を使って走りながら王都を目指したとき、約二週間を要した。ガウルを使った場合、どこにも立ち寄らなければ、四日ほどでケルビウム大森林の入口に到着する。

しかし、森手前にある地雷地帯のことを考えると、おそらく偵察部隊はフォルテム村でガウルを預け、徒歩で森に向かうだろう。そして、彼らとしては、焦(あせ)らず慎重に事を運びたいはずだから、フォルテム村で一泊するにちがいない。ただそれでも、時間的な余裕はあまりない。

「アトカさん、大丈夫ですか？」

「ああ。揺れも……だいぶ落ち着いたからか……身体も少し回復した」

ウィンドシールドとフライを使い、上空三千メートルまで上昇する。気圧や酸素に関しては、『構造解析』を行いながら、風魔法で調整しておいた。

その後、そのまま飛んでいるんだけど、予想以上に風のコントロールが難しく、当初シールド内がかなり揺れてしまったのだ。

おかげで、アトカさんが酔ってしまった。これも乗り物酔いになるのかな？

私自身、はじめての試みだったせいもあるけど、ここまで揺れるとはね～。私は『状態異常無効』を持っていてよかったよ。でないと、途中でシールドが消えて、二人とも三千メートルの高さから転落していたね。

でも、ここまでの複雑な操作のおかげで、ダンジョンで習得した新スキル『並列思考』のレベルが６に上がった。

「操作に慣れてきたので、もう揺れる心配はありません。ゆっくり寛いでいてください」

ふふふ、私なりに、色々と準備したのだ。シールドの底に木魔法で床を貼り、八畳ほどの大きさにする。その上にテーブルと椅子をセッティングする。現在のシールドの中は、一つの部屋となっているのだ。

「フライによるウィンドシールドごとの高速飛行、ユニークスキルによる気圧と風圧の制御、シールド内での別属性魔法の使用。これだけ複雑な操作を、たった一人でこなすとはな。俺でも無理だ」

アトカさんも、『並列思考』をレベル4で持っているけど、『魔力操作』がまだ8だから、ここまでの操作をできないのかな。

「あはは、慣れですよ。アトカさんやイミアさんも、上空三千メートルとは言いませんけど、ある程度高いところで練習を重ねれば、私の技術に到達できるはずです」

「ああ、この技術は役立つ。今のうちに、シャーロットから盗ませてもらおう」

「どうぞどうぞ」

……私たちは、クーデター関係の話をしながら、二時間ほど飛行を続けた。そして、そろそろ話題が尽きかけてきたとき、前方から何かの気配を感じる。

「アトカさん、前方から気配を感じます。この心地よく澄んでいる気配は、風精霊様ですね」

「風精霊だと!? 精霊様はネーベリックの事件以降、王都周辺に現れていない。まさか、シャーロットがいるからか？」

「多分、そうでしょうね」

一体の風精霊様が、なんの苦もなくウィンドシールドの中に入ってきた。

精霊様たちは属性に関係なく、ネットワークを形成している。だから、アストレカ大陸で出会った精霊様経由で、私に何が起きたのかを知っている……というか、ガーランド様繋がりで、ここまでの出来事全てを知っているだろう。

「シャーロット、久しぶり～」

あ、風精霊様が具現化してくれている。これなら、アトカさんも姿を認識できる。

「風精霊様、ケルビウム山の上空以来ですね。あれ以降、どうして現れなかったのですか？」

すると風精霊様は、心底不思議そうな表情を浮かべた。

「えーーーシャーロット、君はケルビウム大森林で、色々とやらかしたじゃないか‼　まさか、気づいてないの？」

気づいてない？　どういうこと？

「ネーベリックの討伐以外で、何かやりましたか？」

「やったよ‼　むしろ僕たちはそっちの件で、色々と動いていたんだよ」

風精霊様が、そこまで必死に訴えるなんて珍しい。何かやったかな？　アトカさんも、疑わしい目付きで私を見ている……というより睨んでいる。

「私がネーベリック以外でやったことと言えば、山頂で訓練していたくらいですよ？」

「それ‼ シャーロットが山頂で巨大魔力を遠慮なく放出したせいで、ケルビウム山全体が復活しつつあるんだ」

復活？ どういう意味なの？

「まさか、火山噴火でも起こるのですか？」

「それは大丈夫。ケルビウム山は絶対に噴火しない。過去に起こった大規模戦争により、山自体の環境が大きく変化した。戦争前までは、山からの湧水によって五つの川が生まれ、それが周辺の動植物を潤わせながら山を下り、大きな川へと成長し、周囲の人々の生活に重要な水源となっていたんだ」

へ〜、昔のケルビウム山には、五つの川があったのか。

「川の数は戦争によって、五から二へと減少した。現在のケルビウム山は、人や動植物を潤わせるだけでも、かなりギリギリの状態なんだよ。そこに、シャーロットが山頂へ転移してきた」

私が山頂で訓練したことで、山自体にどんな影響があったのかな？

「君が転移した後、すぐにリジェネレーションを行使したでしょ？」

「はい、行使しないと、絶対に死んでましたから」

「君の身体が回復していき、ユニークスキル『環境適応』の影響もあって、君の魔力はどんどん増えていった。その影響で、リジェネレーションの効果範囲もどんどん広くなっていった。効果範囲は山の奥深くにまで届き、君が回復していくと同時に、山も回復していった」

全然、知らなかった。あのとき、私は自分の身体の回復に専念していたから、リジェネレーションの効果範囲を考えてなかった。山まで回復させていたとは……

「その後、復活した君が山頂で魔力制御の訓練をしている間、山が君から漏れ出た魔力を少しずつ吸収していったことで、山全体が活性化したんだ。現在では、枯れていた三つの川も復活しつつある。今回の件、半分はシャーロットにスキルを与えた僕たちにも、責任がある。だからガーランド様の許可を貰って、人や動物が死なないよう、山全体を制御していたんだよ」

知らんかった～～。精霊様が山を制御してくれなかったら、大勢の死者を出していたのか～!! 山の制御ともなると、全ての属性の精霊様たちが協力しないといけないよね。私に会いに来る余裕がないはずだよ。

「精霊様、私はアトカ・ロッテルトと申します。お話は伺いました。ケルビウム大森林にいる仲間たちや他の種族たちに影響はないのでしょうか？」

おお、あのアトカさんが、風精霊様に対してきちんとお辞儀をしたよ!! しかも、言葉遣いも丁寧だ。

「知ってるよ。君やクロイスに関しては、いつも上空から見ていたからね。安心していいよ。僕たちが、ケルビウム大森林に住む人たち全員に、山の異変やネーベリック討伐のことを説明しておいた。『異変』といっても、良い意味での異変だから、みんな喜んでいたよ。ついでだから、『復活する三つの川の場所』と『ネーベリックの討伐映像』を魔法で見せておいた」

「ありがとうございます。それを聞き、俺も安心しました」

精霊様は森に住む人たち全員に、ネーベリックの討伐映像を見せたのか。今後、森の中では、どこに行っても英雄扱いされるかもしれない。

「風精霊様、大変なやらかしをしてしまい申し訳ありませんでした。まったく気づきませんでした」

「もういいよ。シャーロットも、自分の強さの変化に四苦八苦していたからね。そうそう、ケルビウム大森林に近い村々にも、いずれ川が復活することを伝えてある。シャーロットの寄ったフォルテム村にも伝えているからね」

精霊様、私の知らないところで、色々と動いてくれていたんだ。影の立役者は、精霊様たちだよ。

「アトカ、君たちにはいいことを教えてあげる。クーデターが成功したら、魔鬼族全員の魔法封印を解除してあげる」

「本当ですか⁉」

これは嬉しい話だ。魔法封印で、魔鬼族全員がかなりの不便を強いられているからね。

「本当、本当。クロイスにも伝えておいてね。ここから先、僕たちは干渉しない。成功するかどうかは、君たち次第だよ。それじゃあね〜〜」

風精霊様は言いたいことを言ったら、颯爽とどこかへ飛んでいってしまった。

「シャーロット、なんとしてもクーデターを成功させるぞ‼」

成功すれば魔法封印の解除、このご褒美はクロイス姫にとって嬉しいだろう。いい知らせも聞けたことだし、旅を続けよう。

26話　凶悪版ネーベリック

風精霊様と別れてから、私はアトカさんにケルビウム山復活の件でお礼を言われたけど、それと同時に注意を受けてしまった。

アトカさんが私に言ったいこと、それは『自分の力の強大さを知れ』だ。ケルビウム山の復活、ダンジョンでのやらかし。どちらも誰かがサポートしてくれているから、これまで大きな被害がほとんど出ていない。でも、私自身がもう少し意識すれば、そういったやらかしの回数も減っていくだろうとのことだ。

もっともな意見だったので、私はその忠告を素直に受け入れた。

その後、アトカさんが休憩を入れようと言ってくれたので、一旦地上に降りた。三十分ほど休憩し、MPを全回復させてから飛行を再開。

飛行している途中、地上でザンギフさんたちの気配を感じたため、高度を下げて確認すると、『身体強化』で走っているザンギフさん、ロカさん、ヘカテさんがいた。

周囲には誰もいなかったので、私は高度十メートル付近から声をかけた。三人は周囲をキョロキョロと確認し、私とアトカさんの姿を見つけると、私たちを指差して『宙に浮いてる⁉』と口をパクパク動かしていた。

私たちがなぜここにいるのか、その事情を話すと、ザンギフさんたちは全てを理解してくれた。ここでも軽い休憩を入れてから、飛行を再開する。

飛行直後のザンギフさんたちも、アトカさんと同じリアクションをとっていたので、私は思わず笑ってしまった。アトカさんも、『自分もこんな感じだったのか』と苦笑いしていた。

そして、合流してから二時間後の午後五時頃、私たちはフォルテム村上空に到着する。

「偵察部隊の三人がいるな。見ろ、彼らの乗りものがある」

「アトカさん、あの三体がガウルですか？」

シュルツ村長の家近くにある畑付近に、三体のガウルが放牧されていた。話に聞いていた通り、体格はがっしりしており、顔はドラゴンというより、トカゲだった。魔導具『緑地』のおかげで、収穫の終わった畑の周囲は緑に溢れており、ガウル三体は貪るように草を食べている。

肝心の偵察部隊の三人は村長の家にいるようで、姿は確認できなかったけど、ケルビウム大森林の前には地雷地帯がある。時間的なことを考えると、彼らはここで一泊するに違いない。

明日の朝は、地雷地帯を自分たちの知る安全ルートで進むだろうから、ペースも遅いはずだ。

私たちは今日中にダークエルフの村に行って、タウリム族長や他のダークエルフたちに、『クロイス姫生存』や『クーデター』、『これから訪れる偵察部隊』の件などを話そう。向こうが対策に納得してくれれば、私も何の憂いもなく、偵察部隊と戦える。

「ああ、あれがガウルだ。にしてもあの三体、やけにがっついているな。それだけ腹を空かせていたのか？」

「魔導具『緑地』で復活させた土地から生まれた草が、美味しいのかもしれませんね」

「ありうるな」

私たちは、フォルテム村の状況を確認してから、次に地雷地帯にある『緑の道』へ向かった。このメンバーの中で、唯一アトカさんだけが『緑の道』を知らなかったので、一度地上に降り、緑の道の上を歩いてもらった。

アトカさんにとっては、そこは地雷地帯ということもあって、かなり慎重に歩いていたのが印象的だった。

ザンギフさんたちも、少し笑っていたね。私は、ザンギフさんたちとの合流、フォルテム村の状況、偵察部隊の現在位置、地雷地帯にある緑の道の確認、これらの任務をこなし、午後七時四十三分にダークエルフの村に到着した。

王都からの所要時間は、約八時間四十分だ。この異様に速い到着時間により、アトカさんたちは私の力のことを再認識したようだ。

○○○

村に到着すると、夜ということもあり、外には誰もいなかった。そこで、直接タウリム族長の家に行き、彼やその家族たちと再会する。私の横に変異を解いたアトカさんがいたこともあり、みんなが一様（いちよう）に驚いていた。

夜遅い到着であったので、当然私たちの分の夕食はなかった。だから、私は前もって用意しておいたカレーやパエリア、屑肉（くずにく）ステーキなどをマジックバッグから取り出して、タウリム族長の家で夕食を食べさせてもらった。

夕食後、アトカさん自らが、王都で何が起こったのかをタウリム族長に話した。ネーベリックの出現、クロイス姫の生存、クーデター計画、偵察部隊の侵入と対処方法……これら全てを伝えると、タウリム族長は目を閉じ、考え込んだ。

「シャーロットがネーベリックを討伐し、ザンギフらとともに王都に偵察に行って以降、こちらにも動きがあった。まず、我々は森に住む全種族の族長たちを村へ招き入れ、今後のことを相談した。その際、多くの精霊様が会議場所に現れ、ネーベリック討伐の光景を魔法で映し出してくれたことで、全員が喜びを噛み締め、やつの討伐に実感を持てたんだ」

精霊様、フォローありがとうございます。ダークエルフと鳥人族は、一人も戦いの場にいなかったから、ネーベリックの死体を見せたとしても、他の種族より実感が薄かったと思う。

「そして、次に話してくれたことが、山の異変だ。これに関しては、全種族が気づいていなかった。精霊様は、異変が山のどこに現れているのかを細かく教えてくださった。そのおかげで、我々は復活すると言われている三つの河川の場所も、正確に把握した」

そこは重要だよね。村が復活予定の川の真上にあった場合、全員が引っ越さないといけない。しかも復活すると聞いていれば、事前に川の道を作ることだってできる。

「我々とザウルス族は、現存する川からほど近い場所に村を設置していたため問題ない。

鳥人族と獣猿族の二つの村の一部が、復活する河川と重なっていたため、現在急ピッチで村全体を新たな土地へ移す準備をしている。とはいえ、どこに引っ越すのか、それすら決まっていない段階だがな」

ふむふむ、準備のことを考えると、クーデターについてもすぐには動けないね。

「族長、俺たち反乱軍の方も、まだ準備が整っていない。クーデターを起こすにあたって、正当な理由が必要だ。ネーベリックとエルギスの関係性、種族進化計画、魔導兵器、まずはこれらについて正確に知ろうと思っている」

そう考えると、反乱軍の準備が整うまで、森の種族たちは引っ越しや山の異変の調査に専念した方がいい。新たな河川以外にも、なんらかの変化が、既に起こっているかもしれないからね。

「アトカよ、それらの情報は正確に把握(はあく)しておけ。ネーベリックの件に関しては、シャーロットの『構造解析』のおかげで、こちらも概(おおむ)ね把握(はあく)している。だから、種族全員が王族たちを恨(うら)んでいる。クロイス様といえど、王族である以上みんなは不信感を抱くだろう」

クーデターを成功させるには、まずその不信感をなくさないといけないね。

「わかっていますよ。今の俺たちにとって重要なのは、明日か明後日(あさって)に来る予定の偵察部隊の対処だ。族長、この対処方法について、何か意見はありますか？」

タウリム族長が腕を組み、再び考え込んだ。私がネーベリックに変身して迎え撃つんだけど、時間的に他の種族たちと相談する余裕がない。この方法で納得してくれるかな？

「うーむ、アトカよ。シャーロットがネーベリックに変身して、偵察部隊と交戦するのは構わん。問題は、その後だ。やつらが反乱軍に寝返るかどうか……もし寝返らない場合は、わかっているな？」

アトカさんが静かに頷(うなず)いた。寝返らなかった場合、今後のことも考えると、やはり……。アトカさんの知り合いでもあるので、彼としては心苦しいだろう。できれば、仲間になって欲しいところだ。

「よし。シャーロット、明日の朝で構わないから、一度ネーベリックに変身してもらえんか？」

「構いませんが、子供たちには見せない方がいいかと」

「無論だ。トラウマとなるかもしれんからな」

偵察部隊の対処方法に関しては、これで決まりだね。明日の朝、凶悪版ネーベリックをみんなに披露(ひろう)しよう。話し合いも終わり、アトカさんはロカさんの家へ、私は族長の家に泊まらせてもらった。

そして翌朝の九時、私たちは村の広場に移動した。集まったのは、タウリム族長、アトカさん、ザンギフさん、ロカさんなどの村の男たちだ。女性たちには、子供が広場に来ないよう、子供たちを見張ってもらっている。

今日か明日には、偵察部隊と戦うことになる。ここのお披露目で失敗するわけにはいかない。凶悪版ネーベリックの真髄をみんなに見せてあげよう。

「シャーロットよ、変身してくれ」

「わかりました……トランスフォーム、凶悪版ネーベリック」

精霊様に教えてもらったトランスフォームの場合、私の身体自体が、大きく変質してしまう。そのため発動させると、服が破けてしまう。当然、元の姿に戻れば、スッポンポンになる。そんな恥ずかしい事態を起こしたくないので、私なりに魔法を改良させてもらった。

以前、クロイス姫たちに見せたトランスフォームは、その改良型である。

あのときの説明だと、おそらく全員が『なんで服が破けないのだろう？』と、不思議に思っているにちがいない。もしかしたら、『シャーロットだから、なんでもありか？』と思っているかもしれないけど。

これにはカラクリがある。簡単に言うと、私の身体を中心に魔力を練り、原寸大のネーベリックを形作っていく。その後、イメージを強く強く蓄積させ、土、木、水属性などを操作することで、イメージした魔力を具現化させるのだ。

この方法なら、魔力を解除するだけで、元の私の姿へ簡単に戻ることができる。改良型トランスフォームは、魔力の着ぐるみを着るようなものだね。難点としては、元のトランスフォーム同様、消費MPが非常に高いことだ。

　この改良されたトランスフォームに関しては、誰にも言ってない。デメリットがなくなったので、確実に悪用されるからだ。

　ちなみに、この改良型魔法を習得したと同時に、レベル4の『魔力具現化』スキルを入手した。このスキルのおかげで、トランスフォームの使用が、かなり楽になった。

　ふふふ、この『魔力具現化』スキルを最大限に利用して、凶悪版ネーベリックをお見せしよう。ネーベリックの外見はティラノサウルスだから、それを元に凶悪性、威圧感、畏怖を兼ね備えた最強恐竜に仕上げていく。

　私は目を閉じ、体長十三メートルの二足歩行の恐竜をイメージし、目、爪、皮膚、それぞれをネーベリックのものを参考に形作っていく。最後に、声だ。これぱかりは肉体の構造では再現できないので、魔法のイメージで作り上げる。地球の男性声優さんの声を使わせてもらおう。

　さあ、完成だ‼　私は目を開け、小さく雄叫びを上げた。

「ぐわあぁぁぁーーーーーーー、愚民ども～これが『凶悪版ネーベリック』だ。さあ、我の姿を見てひれ伏すがいい‼」

　……ってあれ？　返答がないよ？　地声に戻して、アトカさんに評価を聞こう。

「アトカさん、どうですか？　かなりの…………ええぇぇぇーーーー、全員気絶してる～～～!!!」

うわあ～なんて光景だよ。タウリム族長をはじめ、ここにいるダークエルフの男性陣全員が口から泡を吹いて気絶してる!! なんで!? アトカさんから注意を受けて、自分の力の強さのことは認識していた。だから、ネーベリック変身時、魔力や気配は外に出してないのに。

まさか、この姿だけで気絶したの!? 勘弁してよ～、あ、急いで変身を解除して、みんなをリジェネレーションで回復させよう。

リジェネレーションで回復させた後、私は全員にひたすら謝罪した。また怒られるかと思ったけど、アトカさんたちも私に謝ってきた。今回の変身、魔力も気配も外に出していないので、私に落ち度はないと断言してくれた。ただ、ネーベリックの姿があまりに禍々しかったため、この場にいる全員が姿を見ただけで、かつてのトラウマを呼び起こされて気絶したそうだ。だから――

「「「「シャーロットの覚悟はわかった。ただ、ものには限度がある。ネーベリックの禍々しさを、もう少し抑えてくれ」」」」

と、みんなに言われてしまった。なんか、言葉の意味が違うような気もしたけど、みんなの真剣な表情を見て、やりすぎてしまったことだけは心底伝わった。

27話　新生ネーベリック対偵察部隊

凶悪版ネーベリックのお披露目会が終了した。アトカさんが、「あのネーベリックの形態は凶悪というより、新たな魔物へ生まれ変わったかのようだった。言葉にするなら、新生ネーベリックだろう」と言うと、全員が彼の意見に賛成した。結果、偵察部隊に対しては新生ネーベリックと名乗ることになった。

その後、対策会議が引き続き開かれた。まず、今後の連絡手段を強化するため、ザンギフさんが私製作の魔導具『簡易型通信機』をみんなに披露した。全員が性能に満足してくれたので、私はすぐさま通信機二十台を製作した。

ただ、一台あたりの製作時間が極端に短かったせいか、全員が本当にできたのかはじめは怪しんでいたよ。全ての通信機が正常に作動したため、この場にいる人たちに配っておいた。

次に偵察部隊と戦うにあたって、一つ問題が浮上した。それは戦う場所だ。巨大なネーベリックが木の密集地なんかで戦ったら、大きな被害が出てしまう。

樹海には、木々の少ない場所がいくつか存在するようなので、そのうちの一つを戦いの場にし、そこへ誘き寄せる作戦を立案していった。

全ての準備が整ったところで、ザンギフさんとヘカテさんを含めた五名が、樹海入口付近へ向かった。

偵察部隊は、フォルテム村からこちらに来ることがわかっている。だから、各々が推測する侵入箇所へ散開して、見張っておくこととなった。

偵察部隊が持つという『気配遮断』の上位に位置する『隠蔽』は、かなり厄介だ。自分の存在感を薄くさせるだけでなく、戦闘時でも、魔力や気配を遮断できるからだ。

対抗策としては、高レベルの『看破』や『心眼』が必要となる。『看破』はステータスの偽造などを見破れるし、『心眼』は体内にある魔力の波動を感じ取ることで、相手の動きを知ることができる。その派生効果から、どちらも気配遮断や隠蔽を見破れるのだ。

ザンギフさん率いる五名は、両方のスキルをレベル7以上で保有しているから、偵察部隊を認識できるだろう。

各種族の村への通達には、六名が行くことになった。一種族につき、二名というわけだ。新生ネーベリックが森に現れたら、その騒ぎの余波が村々へ届くかもしれない。既に騒ぎが起きていても、早めに知らせておけば、大きな混乱を防げるだろう。

そして肝心の三名の偵察部隊だけど、アトカさんの知り合いは隊長のガンドル・トリバルンという人で、四十歳前後らしい。残り二名はトール・マクワイワ、レイズ・スクリッドといういずれも二十歳前後の男性で、あのネーベリックと間近で対戦し、ほとんど無傷で生還するという強運の持ち主だ。だからこそ、この無謀な任務に抜擢されたとも考えられる。

アトカさんからの情報では、トールはどんなときでも冷静沈着で、状況判断に長けているらしい。特徴は青い角、黄色の短髪。レイズの方は行動力があり、少ない材料でみんなの求める魔導具を作る技術力を持っているらしく、トールの考えを後押しする役目を担っている。目印は、赤い角と青い髪だ。

とりあえず、私たちの準備は整った。私も所定位置に移動しよう。

○○○

私――ガンドル・トリバルン率いる偵察部隊は、任務中だった――

フォルテム村の村人たちは、問題なく生活できているようだ。気になる点といえば、収穫済の畑が異様に豊かになっていることと、聖女シャーロットの到来か。

聖女、ここ百年、ジストニス王国には現れていない。

ここに来るまでいくつかの村に立ち寄ったが、いずれにおいても聖女シャーロットが回復魔法リジェネレーションを使用し、大怪我を負った村人たちを無償で回復させていた。

しかも聖女シャーロットは、その場にある食材を用いて新規料理を作成し、そのレシピも教え、みんなを喜ばせている。

驚くべきは、彼女の年齢だ。わずか七歳。そんな子供が連れとともに各地を渡り歩いているのだ。おそらく、聖女の噂は国王にまで届いているだろう。

「隊長〜、ここからが樹海になるようですよ」

「レイズ、ここからは油断するなよ」

レイズとトールは、ネーベリックの間近まで行き、トキワ・ミカイツが到着するまでの足止めを行い、軽傷で生還。それ以降、数々の修羅場を潜り抜けてきただけあって、肝が据わっている。

「わかってますよ」

「なあレイズ、俺ら、今度の任務で死ぬんじゃないか？」

トールよ、発言の割には足取りがしっかりしているぞ。

「言うなよ、トール。迷彩服を着て、角や髪の色が目立たないよう、帽子も迷彩柄。『気配遮断』も『隠蔽』も問題なし。これで見つかったら……俺らの悪運もここまでだと思うしかねえよ」

その通りだ。

「くそ〜、俺らの悪運で、聖女シャーロットちゃんと遭遇したかった〜」

「同感だ。今頃、どこを旅しているのかね〜」

「お前ら、一応言っておくが、彼女は七歳だ。まさかのロリコンか？」

「「断じて違う‼」」

こいつらといると、自分たちが死地に赴いていると思えないな。

「さあ、気を引き締めていくぞ。ここからは各自小声で話すように」

「「了解‼」」


——それから三時間。ここまでに現れたのは、魔物と野生動物のみ。ネーベリックの気配は感じとれない。

任務はネーベリック生存の有無、余裕があれば各村へ偵察に赴き、現状を把握すること。上の連中は、気楽に言ってくれる。それが、どれだけ困難な任務であるのかわかっているのか。だが、逆らえん。

以前ならば……いや、考えても仕方あるまい。クロイス姫もアトカも、これだけ探しても見つからんのだ。二人は死んだのだろう。前を向いて進まねば‼

「隊長、どうもさっきから、木の上にいる鳥や獣に見られている気がするんですが？」

レイズは、よく周りを見ている。野生動物は、魔物の住む厳しい環境下で生き抜いている。当然、自分たちの気配を絶ったり、相手の気配を見破る経験を積んでいる。そういった能力に関しては、おそらく我々よりも優れているはずだ。

「『隠密』スキルとて、完璧ではない。野生の鳥や獣には、微かな存在感が伝わるのだろう」

我ら三人、『気配遮断』も『隠密』もレベル7と高い。しかし、どれだけスキルレベルが高くても、存在を気取られることはある。

それよりも、ここまでで見かけた魔物たちの中で、Cランクのハイドスクローやハイドラットの発していたたどたどしい魔人語が、どうしても頭から離れない。聞き取れたのは、新生ネーベリック・化物・シャーロット・ダークエルフの村の四つだ。なぜ聖女シャーロットという言葉が、ここで出てくる？　現在、彼女は王都近辺にいるはずだ。

「隊長、新生ネーベリックという言葉が、どうしても気にかかります。俺とレイズは、やつを間近で見ています……もし新生の意味が……」

「トール、それ以上は言わなくてもわかる。……確認するしかないだろう」

「……途轍もなく、嫌な予感がするのですが」

前方から魔物の気配？

「トール、レイズ、剣を構えろ‼　接敵するぞ‼」

「「よかった。ネーベリックじゃない」」

こいつら、緊張感があるのかないのか、どちらなんだ？　現れたのは、Cランクのダブルアームベア⁉　だが、様子がおかしい。

「魔鬼族……退け。ネーベリック……いる。逃げねば……聞いてない……こんな浅い……」

木陰から急に現れたと思ったら、私たちを一瞥しただけで去っていくとは……相当追い詰められている。

「……行くぞ」

「『行くんですか⁉』」

「当たり前だ。ダブルアームベアが来た方向に、やつがいる」

ダブルアームベアが周囲の草花を踏み荒らしたおかげで、小さな獣道ができている。これなら、楽に進めそうだ。

「音に集中しろ。お前たちも、ネーベリックの音には敏感だろう？」

「敏感ですけど……できれば遭遇したくありませんね」

レイズ、それは私も同じだ。ネーベリックは多くの生物を食べることで、強さが増す。五年という期間で、どこまで強くなっているのか、魔導兵器が効いてくれればいいが。

「トール、どうかしたか？」

「レイズ、真面目な話だけど、一部の冒険者たちが、魔導具に組み込まれていない初級魔法を使い出した件を知っているか？」

なに？　私は知らんな。魔法封印がある以上、魔導具経由でしか魔法は使えないはずだが？

「ああ、その話は知ってるよ。ここ最近になって、その話題が広がりつつある」

「出発直前、俺の知り合いが教えてくれたんだ。アイスボールを形成させた後、イメージを強く蓄積させることで、ボールの形状を変化できるらしい。一段階工程が増えるけど、アイスランスやアイスミストが使用可能と聞いた」

何⁉　それは初耳だぞ⁉

「トール、お前もできるのか？」

「ああ、アイスランスとアイスミストができるようになった。しかも、この理論を応用すれば、魔導具に込められている属性の初級魔法が全て使用可能になるかもしれない」

「マジかよ‼　一つの魔法からの形状変化で、その属性の初級魔法全てが使えるもんなのか⁉　誰だよ、そんな方法を開発したのは？」

そこまで画期的な方法があるとは……相当な使い手が考案したのか？

「……名前を聞いたら驚くと思うぞ？　聖女シャーロット様だよ」

「は⁉　七歳の女の子が思いついたのか？」

そうか、子供だからこそ思いつけたのか。我々大人は、魔法の理論を頭に叩き込まれている。だからこそ、一つの魔法を発生させたら、あとは放つだけと思ってしまう。七歳の子供の場合、まだ知識が固まっていない。

「ああ。隊長、すみません。俺自身も半信半疑だったので、迂闊に発言できなかったんです」

「気にするな。同じ立場なら、私も同じことをしていた。アイスミストを使えるなら、逃げられるかもしれん」

「「聖女シャーロット様、感謝します‼」」

この任務を遂行し、生きて王都に戻れたら、聖女シャーロット様にお会いしてお礼を言わねばな。

〇〇〇

あれから四時間ほど歩いたが、ネーベリックは依然として現れない。現在、我々は木々の密度が薄くなっている広場のような場所にいる。周囲には、魔物の気配もなし。

「トール、レイズ、今日はここで野営だ」

「「よし、今日は生き残れた」」

どの場所で暖をとっても、気配を明るみにすれば、森の種族に勘づかれる危険性がある。ただ、この場所なら魔物たちと接敵しても、すぐに対処できるだろう。

「見張りは、二時間交代でいくぞ」

「「はい」」

獣道のおかげか、この日だけで、かなりの距離を稼げた。この先には、おそらくダークエルフの村があるだろう。まだ彼らの気配は感じとれんが、明日以降接敵する可能性がある。明日からが本番か。

——翌朝七時。

特に異常もなく、朝を迎えたか。だが、この妙な違和感はなんだ？　静かだ。あまりにも静かで異常がなさすぎる。見張りの最中、野生動物や魔物の気配さえ感じとれなかった。

「おかしい、静かすぎる」

「え、異常がないからいいじゃないですか？」

レイズは、この異様な空間に気づかないか。

「レイズ、隊長の言う通りだ。見張りのときもそうだったけど、周囲が静かすぎる。まるで……嵐の前の静けさのような……」

トールは、勘づいているようだな。

何か胸騒ぎを感じる。経験上、この感覚に陥ったときは早期撤退するようにしている。

「お前たち、今すぐここ——」

な、ば……馬鹿な‼　どうして気づかなかった？　いつの間に現れたんだ？　トールとレイズに言わなければ……くそ言葉が……

「隊長？　……え……レイズ、う……後ろを見ろ‼」

「後ろ？　……な……な……ななな、なんでお前がここに、あああああ」

十五メートルほど離れたところに、なぜネーベリックがいる⁉　気配も音も、一切感じなかった‼　それになんだ、この威圧感は？　なんだ、この風格は？　今までのやつと明らかに違う‼　まずいまずいまずいまずい、ここから逃げねば……だがどうやって？

「かかかかか、魔鬼族の匂いがすると思ったが、二人だけか？　偵察といったところか？」

姿だけでなく、声も違う。今までのものより遥かに威圧感が増し、地の底から響くかのような恐ろしい声だ。魔物たちが『新生ネーベリック』と言っていたが、その名に相応しい姿となっている‼

「どうする？　私を討伐するか？　私はこの五年で、大きく力をつけたぞ」

明らかに、あのときと違う。五年前のネーベリックは、話し合いには一切応じず、王族や王都の者たちを容赦なく食べていった。だが、目の前にいるやつから感じる気配はどうだ？　凶暴さだけでなく、知性ある厳格な王たる風格を兼ね備えている。

「ネ……ネーベリック、お……俺たちも、この五年寝ていたわけじゃない‼　今の俺たちには、これがある‼」

いかん。突発的なことで、レイズが冷静さを失っている。魔導銃で応戦する気か⁉

「レイズ、やめ――」

銃声が鳴り響いた‼　くっ、遅かったか。

「今、何かしたか？」

ネーベリックの眉間近くで止まっている小さな欠片はなんだ？　まさか銃弾か？　銃弾が、ネーベリックの手前で止まった？

「く……魔導銃がダメなら、これで‼」

マジックバッグから取り出したのは、魔導バズーカか‼

「やめるんだ、レイズ‼」

魔導バズーカの轟音が、周囲に鳴り響いた‼

「なるほど、強力な兵器を開発したということか、かかか、面白い」

な、どういうことだ⁉　魔導銃が通用しないのはわかるが、バズーカの威力は、Cランクの魔物を一蹴できるほどだぞ。弾頭がやつに直撃する直前、動きが急停止して、地面に落ちただと⁉

「トール、手伝え」

「おい、レイズ。お前……まさか‼　ち、わかったよ」

切り札を出すつもりか。ここまで攻撃したのなら、後には引けん。

「二人とも構わん。ここから距離を取ってから、あれを使え」

「「はい」」

　これならどうだ？　ビルク様が新たに開発した最新型のロケットランチャーだ。Ａランクに大怪我を負わせる威力がある。これならば‼

「時間の無駄だ。やめておけ」

　やつの余裕はなんだ？　その自信は、どこからくる？　攻撃する素振りもない。受けて立つということか？　余波をくらう前に、私も離れよう。

「「いっけえええええええええーーーーーーーーー」」

　くっ、凄まじい轟音だ。出発前、ランチャーの試射を実施したが、森の中では音が響く。

「くく、無駄無駄無駄無駄。貴様らの武器は、全て通じん」

　当たる直前に、推進力となるエネルギーが全て何かに吸われ、弾頭だけが下に落ちただと⁉

「かかかか、なかなかの威力ではある。……が、我には通じん」

　トールもレイズも、無傷のやつを見て固まっている。万策尽きたか。

「お前たちは逃げろ‼　私が数分、いや数十秒だけでも、時間を稼ぐ‼」

　せめて、彼らだけでも逃さねば。

「「な⁉」」

「かかか、安心しろ。貴様らは殺さん。ケルビウム大森林にいる全種族を食いつくした後、

私自らが王城に行ってやる。五年前、王族であるクロイスとエルギスの二人を食い損ねてしまったからな。アトカというダークエルフが邪魔しなければ、クロイスだけでも食えていたんだが」

クロイス姫とアトカを食い損ねた⁉　二人は生きているのか⁉

「それとな、ククク、エルギスが放ったスキルのせいで、一時期我を忘れていた。おそらく『洗脳』スキルだろう。まあ、やつのおかげで『状態異常無効』のスキルが手に入った。そういう意味では、感謝していると伝えておけ」

『洗脳』スキル⁉　待て待て、それが事実ならば、エルギス様がネーベリックを王城へ差し向けたことになる。まさか……自分が国王になるべく、自分以外の王族をネーベリックに食べさせた？

「お前たちに言っておこう。私は魔鬼族を許さん‼　生まれてから狭い檻に入れられ、身体に訳のわからん液体を流し込まれた。それが、約百年続いたのだ。お前たちに、この苦しみがわかるか？　お前たちが私を恨むのは筋違いだ。誰が私を王城へと差し向けた？　誰が私をここまで強くした？　誰が私を洗脳し、王族を食わせた？　ここまで言えば、恨むべき対象が誰かわかるはずだ」

恨むべき対象……もし、エルギス様の野心が、全ての発端だとしたら……エルギスがネーベリックを育て上げ、王城へと差し向けたのなら……

トールもレイズも、冷静さを取り戻し、考え込んでいる。

「ネーベリックよ、お前は私たちに何をさせたい？」

「くくく、クロイスとアトカだったか？　やつらは、真実を知っているぞ？　王城から離れる際、エルギスを睨んでいたからな。エルギスがクーデターを起こし、国王になったのだろう？　次はクロイスがクーデターを起こし、女王の座に就くかもしれんな。同族での争い、見てみたいものだ。私は、ケルビウム大森林にいる種族どもも、ついでだから食い尽くす。一年後、王都に行ってやる。そこで、私を痛めつけたトキワと再戦してやろう」

クロイス様がクーデター……ありえる。やつの言ったことが、全て真実ならばありえる。……私はもう、真実を知らなければ、先に進めん。

「ネーベリック、お前の言ったことは本当か？」

トールが恐れを覆い隠し、ネーベリックに問いかけた。私がこれだけ震えているというのに……なんという胆力だ。

「トールと言ったか？　真実かどうかは、自分たちで調べるがいい。仮に真実だとしたら、お前たちはどちらにつく？」

「……トール、答えは決まっているよな？」

「ああ」

「「クロイス姫だ‼」」

トールもレイズも、ネーベリックの恐怖に打ち勝っている。私も負けていられん。

「無論、私もクロイス様につく。アトカとは友人関係にある。アトカが生きているのならば、探し出し、真実を聞く」

元々、私たちはエルギスのような輩に、忠誠心など持ち合わせていない。ここでネーベリックが嘘を言うとは思えん。クロイス様が生きているのならば、必ず探し出す‼

「くくく、面白い。私としては、国がどうなろうと知ったことではない。……が、私が行く頃には、大きな変革が起こっているかもしれんな。私を楽しませろよ」

な、消えた⁉　あの巨体が一瞬で⁉　周囲から静けさもなくなっただと‼　野鳥や魔物の気配が戻ってきている。

一年後、やつは王都にやってくる。それまでに態勢を整えておかねば‼

エピローグ

新生ネーベリックと偵察部隊の戦い、勝者は新生ネーベリックだ。

ま、私だけどね。

偵察部隊との戦闘前——私とアトカさんは、所定の場所を目指し、ダークエルフの村を出た。そして、村からある程度離れたことを確認してから、私は新生ネーベリックに変身する。変身後、『気配遮断』と『隠蔽』スキルを使用しながら、遭遇するCランクの魔物と少しだけ戦い、樹海入口方向へわざと逃がした。その行為を何度も何度も繰り返せば、偵察部隊が逃走中の魔物と接敵してネーベリックが生存していることを知り、私の現在位置をおおよそ把握できると踏んだのだ。逃走中の魔物も、地雷エリアのことを理解しているので、樹海の外に出ることはない。

私はある程度周囲を騒がせてから元の姿に戻り、戦いの地となる場所まで移動すると再度ネーベリックに変身して、同じ行為を繰り返した。

偵察部隊を監視していたメンバーも、作戦通りに事を進めてくれた。逃走中の魔物を見つけ、木の上から牽制し、偵察部隊の方へ向かわせたのだ。隠密行動が得意なヘカテさんが偵察部隊を監視していたこともあり、三人とも彼の存在にまったく気づいていなかった。

そうして、偵察部隊は所定の位置にまで来てくれた。到着したのが、夕暮れだったので、奇襲は早朝行うことに。私の『気配遮断』や『隠蔽』はレベル10のため、気づかれることはなかった。

そして早朝、幻夢で私の姿を隠し、彼らの目の前でネーベリックに変身したのだ。

『構造解析』の結果、三人の忠誠心がエルギスではなく、クロイス姫に向いていることが判明。裏切る可能性も、ほぼないだろう。戦いの後、アトカさん、ザンギフさん、ヘカテさんの三人が彼らを尾行し、フォルテム村で真相を打ち明ける予定となっている。私は風魔法フライで早々に村に帰り、戦いの結果をタウリム族長や大人たちに報告しておいた。

全員が私の報告を聞き、ほっとしている。残るは、アトカさんたちの報告だけだった——


偵察部隊との戦いから二日後、私がタウリム族長の家で寛いでいるとき、三人は帰ってきた。私たちは居間に集まり、アトカさんからの報告を待った。

「ガンドル、トール、レイズの三名を、反乱軍に引き入れることに成功しました」

ザンギフさんがそれを聞いて頷く。

「アトカ、よくやったぞ。彼らは、何と言っていた？」

うん？　アトカさんたちは、私を見て苦笑いしたよね？

「反乱軍への参入については、快く受けてくれたのですが……ネーベリックが既に討伐されていること、その討伐者が誰なのか、新生ネーベリックの正体、これらに関して説明すると……」

え、そこの説明で、何かあったの？

「ガンドルは辛うじて現実を受け入れてくれましたが、トールとレイズが『詐欺だ!! 聖女シャーロットのイメージが崩れていく〜』と、揃って俺に訴えてきましたよ」

何それ!! なんで詐欺なんだよ!! 全部、本当のことだよ!! そもそも、聖女シャーロットって何？

「彼らはまだ若い。さすがに、あの新生ネーベリックを見た後では……すぐ受け入れられんか。それで聖女シャーロットというのは？」

タウリム族長も、なんで普通に納得できるの⁉ そこへ、アトカさんが口を開いた。

「ザンギフとヘカテから聞いたのですが、俺とクロイス姫に気づいてもらうため、シャーロットは王都に行く道中で立ち寄った村の全てで回復魔法リジェネレーションを無償で施し、大勢の怪我人を回復させたそうです。ガンドルたちが二つの村に立ち寄ったとき、既に周辺の村々では、聖女シャーロットとして崇拝されていました」

あ、やったよ!! 私が回復魔法を使った後、必ず聖女扱いされていた。『私は聖女ではありません』と言ったんだけどな〜。

「まあ、聖女の称号がなくとも、聖女であることは確かだ。それだけの行為をやったのだから、そう言われて当然か。トールとレイズが嘆くのも、わかる」

ちょっとタウリム族長、それにザンギフさんもヘカテさんも、なんでしきりに頷いているの⁉

「質問があります。どうして聖女のイメージが崩れるんですか？　私はジストニス王国に大きく貢献していますよ？」

くっ、全員が『この子は本気で言っているのか？』と、目で訴えてきた。

「シャーロットよ、本来『聖女』というのは、清廉潔白な女性しかなれん」

タウリム族長、それくらい私も知っています。

「私は、心清らかな七歳の女の子です」

胸を張って言えるね。

全員、なんでそんな懐疑的な目で、私を見るかな⁉

「あのな～、シャーロット。確かに、お前は心が清らかで、私利私欲もない。ジストニス王国の救世主とも言える存在だろう。だが、聖女として決定的に足りないものがある」

アトカさん、私の欠点を指摘するつもり⁉　薄々わかってはいるけど、一応尋ねておこう。

「それは、なんでしょうか？」

「『か弱さ』だ‼　ジストニス国民に崇拝されつつある七歳の小さな聖女が、あのネーベリックを一撃で倒し、そのネーベリックに変身して、迫真の演技で偵察部隊と戦ったんだぞ？　か弱さの欠片もないだろうが‼　これまでの聖女のイメージと違いすぎるんだよ‼　現実として、普通に受け入れられると思うか？」

はい、無理ですよね～。聖女のイメージと、掛け離れていますよね～。わかってはいたんですけどね。どうせ、私はか弱くありませんよ。

「トールさんとレイズさんは大丈夫なんでしょうか？」

「渋々（しぶしぶ）、承知したよ。シャーロット、知り合った村人たちの前で、絶対に強さを見せるなよ」

「わかりました。でも、こんな……か弱くない最強の聖女がいても、いいですよね？」

「「「こんな複雑な聖女は、シャーロット一人だけにしてくれ！！！」」」

全員の意見が一致したよ……

とりあえず、偵察部隊の件は無事解決したし、クーデターを起こすための条件も整いつつある。転移トラップの発動試験、種族進化計画、エルギスとネーベリックの関係性など、まだ知らなきゃいけないことはたくさんある。でもこの調子なら、クロイス姫の描く理想のクーデターを実現することができるかもしれないね‼

あとがき

この度は文庫版『元構造解析研究者の異世界冒険譚3』を手にとっていただき、誠にありがとうございます。作者の犬社護です。

第三巻におけるテーマは、【友との絆】です。ハーモニック大陸に転移されて以降、シャーロットには自分の年齢と近い友がいません。七歳前後の子供たちが、危険なダンジョン内を冒険するというのも違和感ありまくりなので、今回は奇想天外(きそうてんがい)な行動を起こす彼女を制御してくれる少し歳上のアッシュとリリヤを登場させました。

アッシュはお人好しかつ素直で、自分のことより他人のことを第一に考える性格のため、自分自身に不幸を呼び寄せやすい性質を持っています。

それに対して、リリヤは過去の苦い出来事により記憶を失ってしまい、他者が自分と関われば、必ず不幸になると思い込み、感情を表に出さなくなった女の子です。

シャーロットが二人と深く関わることで、三人の絆が深まっていくストーリー展開となるよう進めていき、《ダンジョントラップの引き剥がし》《殿様戦でのコント?》などのお笑い要素を入れてみました。

読者の皆様もダンジョンの戦いばかりだと飽きてしまうでしょうから、終盤にはクーデターを進めるための一つのイベントを発生させました。シャーロット自らが、ジストニス王国民にとって悪の権化ともいえる新生ネーベリックとなり、偵察部隊の三人を恐怖のどん底に陥れ、その後仲間に引き入れる。そんな《主人公が悪者と戦い征伐する》という王道的展開の真逆要素を取り込んでみたのですが、気に入っていただけたでしょうか？

ちなみに、ここで登場する偵察部隊の二人の若者は、とあるアニメを参考にキャラを作成したのですが、もしかしたらお気づきになられた方もいらっしゃるかもしれませんね。

今回、シャーロットはハーモニック大陸での冒険を重ねていく上で《生涯の友》と言える仲間たちと出会い、その絆を少し深めることに成功しました。

次巻では、いよいよクーデターが本格的に勃発します。《ジストニス王国に隠された謎》《クロイス対エルギス》などの怒涛の展開も待ち受けており、クロイスたちは入手したトラップを戦いに活かすことで、とんでもない結果を引き起こすことに。その戦いの中で、シャーロット一行も新たな出会いを果たすことになり、彼女にも衝撃的展開が待ち構えています。

それでは、次は第四巻でお会いしましょう。

二〇二二年四月　犬社護

アルファライト文庫

この作品に対する皆様のご意見・ご感想をお待ちしております。

おハガキ・お手紙は以下の宛先にお送りください。

【宛先】

〒150-6008 東京都渋谷区恵比寿 4-20-3 恵比寿ｶﾞｰﾃﾞﾝﾌﾟﾚｲｽﾀﾜｰ 8F
（株）アルファポリス　書籍感想係

メールフォームでのご意見・ご感想は右のＱＲコードから、
あるいは以下のワードで検索をかけてください。

ご感想はこちらから

本書は、2018 年 5 月当社より単行本として
刊行されたものを文庫化したものです。

元構造解析研究者の異世界冒険譚 3

犬社護（いぬや　まもる）

2022年 4月 30日初版発行

文庫編集－中野大樹／宮田可南子
編集長－太田鉄平
発行者－梶本雄介
発行所－株式会社アルファポリス
〒150-6008東京都渋谷区恵比寿4-20-3恵比寿ガーデンプレイスタワー8F
TEL 03-6277-1601（営業） 03-6277-1602（編集）
URL https://www.alphapolis.co.jp/
発売元－株式会社星雲社（共同出版社・流通責任出版社）
〒112-0005東京都文京区水道1-3-30
TEL 03-3868-3275
装丁・本文イラスト－ヨシモト
文庫デザイン―AFTERGLOW
（レーベルフォーマットデザイン－ansyyqdesign）
印刷－中央精版印刷株式会社

価格はカバーに表示されてあります。

落丁乱丁の場合はアルファポリスまでご連絡ください。

送料は小社負担でお取り替えします。


ISBN978-4-434-30208-4 C0193